Benjamín Jarnés

LOCURA Y MUERTE DE NADIE

edición de
Víctor Fuentes

 - STOCKCERO -

ISBN: 978-1-934768-14-3

Library of Congress Control Number: 2008934648

Set in Linotype Granjon font family typeface
Printed in the United States of America on acid-free paper.

Published by Stockcero, Inc.
3785 N.W. 82nd Avenue
Doral, FL 33166
USA
stockcero@stockcero.com

www.stockcero.com

Benjamín Jarnés

LOCURA Y MUERTE DE NADIE

edición de
Víctor Fuentes

Índice

INTRODUCCIÓN

Novela vanguardista, deshumanizada, nueva, intelectual, lírica, anti-novela, metanovela, todos estos términos se han barajado para intentar definir la novedad y especificidad de la original novelística jarnesiana, lo cual, ya de por sí, apunta a la riqueza innovadora de ésta. Escrita entre los años 20 y 40, cortada en dos períodos por los trágicos y dramáticos acontecimientos de la guerra civil y del exilio mexicano; el primero de ellos, entre 1925 y 1936, fue el de su esplendor, alcanzando un punto culminante en 1929, año en que se publican, entre otros escritos y libros, las novelas *Locura y muerte de Nadie* y *Paula y Paulita*. En este mismo año, Benjamín Jarnés recibe un rendido homenaje de los escritores e intelectuales españoles más destacados del momento.

No es extraño que escriba un ensayo en elogio de 1929: *annus mirabilis* para él, y del cual celebra el auge del libro que se está viviendo en ese momento y «...el espíritu de la juventud que briosamente comienza a volver la espalda al pasado, a pensar con toda alegría y serenidad en el presente, único modo de elaborar en firme los años que han de venir» (168) [i]. No obstante, aquel 1929 también fue el final de aquellos «felices años veinte» en que la sociedad española, al igual que la europea y la americana, creyendo haber dejado atrás los horrores de la I[a] Guerra Mundial se habían entregado, y bajo una coyuntura económica favorable, a un alegre desenfreno vitalista celebrando los logros tecnológicos de la sociedad urbana, maquinista, y el incipiente asomo de la sociedad del consumo y del espectáculo. En los centros urbanos españoles, bajo la llamada «dictablanda» del general Primo de Rivera prosiguió el progreso de modernización propiciado por la neutralidad de la Nación en la I[a] guerra mundial, aunque con sus grandes desajustes entre las clases sociales y la ciudad y el campo. Ya en el mismo 1929 el sistema político y social de la dictadura se veía rebasado por las fuerzas «vivas» de la sociedad: los estudiantes e intelectuales, más el movimiento obrero, reprimido bajo la dictadura, serían las fuerzas de choque de un movimiento que, en los dos años inmediatos, derrocarían a la dictadura y a la monarquía, tan sometida a aquella, y traería el advenimiento de la república. En el panorama internacional el «crash» de Wall Street de 1929 iba a dar su golpe definitivo a aquella década, un tanto insensatamente feliz, por lo ajena que estuvo a los conflictos que se estaban gestado y que harían de la década de los años 30 una de las más dramáticas y trágicas del

[i]   Recogió este artículo, con el título de «Un año menos» en *Cartas al Ebro* (165-169). Por mi parte, documenté tal auge editorial de los últimos años de la dictadura en *La marcha al pueblo en las letras españolas 1917-1936* (29-50). Dicho «boom» editorial tuvo un marcado signo de izquierda. Curiosamente, la edición de 1929 de *Locura y muerte de Nadie* no se publicó en la editorial de la Revista de Occidente, con la cual Jarnés estaba tan identificado, sino en Ediciones Oriente (nótese ya en los nombres el cambio de orientación ideológica), una de las nuevas editoriales divulgadoras del pensamiento y la literatura «progresistas».

siglo XX. Diez años después, en 1939, quedaba derrotada la República española, el general Franco imponía a la Nación su dictadura, está sí durísima, e Hitler desencadenaba el comienzo de la IIª Guerra Mundial.

Me he extendido en esta sucinta mención de aquel período pues forma el contexto histórico, social, artístico y cultural de las tres versiones escritas por Benjamín Jarnés de *Locura y muerte de Nadie*.[ii] La tercera, y definitiva, está firmada en 1937, aunque quedó inédita a la muerte del autor. Se dio el caso que éste, en 1948, había regresado del exilio mexicano, enfermo, para morir –agosto de 1949– en su casa madrileña, en la calle Santa Engracia 58, donde tanto había disfrutado de la gloria literaria, y en la cual volvió a vivir sus últimos días, pero, ahora, en el completo olvido.[iii] Su viuda, Gregoria Bergua (*a la que tuve el honor de conocer en aquel mismo piso en el verano de 1963 o 64, y poco antes de su muerte*) hizo llegar el manuscrito de la novela a Joaquín Entrambasaguas quien la publicó en *Las mejores novelas contemporáneas,* VII (1961), en colaboración con María del Pilar Palomo, como la mejor de 1929, aunque con la anomalía de que la versión que publicaba no era la de ese año, sino la nueva de 1937, con significativos cambios que la convierten en la misma y en otra novela diferente. El que Joaquín Entrambasaguas, crítico tan identi-

---

ii   Digo tres versiones, pues antecede a la novela publicada en 1929, una versión, muy sintetizada, de 27 páginas, publicada en el tomo XIX, de la *Revista de Occidente*: Enero-Febrero-Marzo. Se extiende sobre esto, María Calderón Conejero en «Proceso de elaboración de las tres versiones de *Locura y muerte de Nadie*, de Benjamín Jarnés».

iii   «Paralítico, inconsciente, reducido al silencio, alienado de la real convivencia», así le encontró su admirador y amigo Idelfonso-Manuel Gil cuando le fue a visitar en febrero de 1948, como nos cuenta en el «Prólogo» al libro de María Pilar Martínez Latre, p.8. Igualmente, otro de su grupo de jóvenes amigos y colaboradores durante la República, Ricardo Gullón nos dejado testimonio de la desoladora impresión que le causó el volver a ver, a su admirado y querido amigo, en tan lastimoso estado, «Persona y personaje en Benjamín Jarnés», *Jornadas Jarnesianas*, p. 105

ficado con el franquismo y la falange, a principios de los
años 60, diera a la estampa y alabara una obra de un escritor republicano y exiliado, puede verse como señal de los
cambios que ya para entonces se empezaban a vivir en la
sociedad española bajo el franquismo; uno de ellos, el del
comienzo de la valorización de los escritores del exilio,
aunque, en este caso, el editor, tan adicto al Régimen, se
amparaba en algún dicterio de visos políticos contra cier-
tos pasajes de la obra y en que la hacía pasar por una novela de 1929, y no la firmada en 1937, en plena guerra y en
el campo republicano.

Enterrada y olvidada en aquel compendio antológico,
quedó esta segunda edición de la novela, hasta que en 1996
conoció una tercera edición, basada en la misma versión
de 1937, a cargo de la editorial Viamonte, con una Introducción de Ildefonso-Manuel Gil, escritor amigo y admirador de Jarnés, quien durante la posguerra estuvo muy
postergado, acogiéndose a finales de los años 50 al exilio
económico en universidades norteamericanas. Por uno de
esos designios del azar, don Ildefonso fue miembro, muy
tolerante y comprensivo, del comité de mi tesis doctoral,
*La obra de Benjamín Jarnés, un estudio de su novelística y de
su estética*, completada en la Universidad de Nueva York
en diciembre de 1964 (y no en 1967, como se suele citar en
algunas Bibliografías), la cual constituyó un prematuro esfuerzo, y el primero (aunque sólo fuera por el número de
páginas) de revalorización académica de la obra del gran
escritor aragonés, tan menospreciado en aquellas fechas.[iv]

---

iv   Ya en 1962, Eugenio de Nora se ocupó de Benjamín Jarnés en su *La no-
      vela española contemporánea (1927-1939)*, II, pero con una valoración bas-
      tante negativa. A principios de los años 60, una estudiosa argentina, Emi-
      lia de Zuleta, quizá alentada por Guillermo de Torre, admirador de
      Jarnés, emprendió, al igual que yo, la revalorización de Jarnés, publican-
      do, en 1977, el libro *Arte y vida en la obra de Benjamín Jarnés*. En la misma
      década, el profesor norteamericano J.S. Bernstein dio a la estampa su *Ben-
      jamín Jarnés*, 1971, y la profesora de la Universidad de Logroño, Pilar

Desde finales de los 60, y en la década de los años 70, publiqué una serie de artículos postulando su recuperación crítica, la cual empezó a consolidarse en la celebración del Ier Centenario del nacimiento del autor (Zaragoza, 27-30 de septiembre, 1988): véase el volumen publicado por la Institución Fernando el Católico, *Jornadas Jarnesianas. Ponencias y publicaciones*.

Por las mismas fechas, la misma Institución publicó mi libro, *Benjamín Jarnés: Bio-grafía y metaficción*, en el cual hacía una nueva revisión de la obra creadora del autor, ahora desde los supuestos de la nueva crítica de entre finales de los años 60 a los 80, partiendo del grupo parisino *Tel Quel* que fundía el estructuralismo con la actualización de las aportaciones de los formalistas rusos de los años 20. De dicha nueva crítica, a ambos lados del Atlántico, derivarían tendencias teóricas como las de «la escritura», la «deconstrucción», «el placer del texto» y una serie de conceptos críticos, tales como «intertextualidad», «metaficción», «defamiliarización» y «parodia» como «híbrido dialogado», según la definición de Bajtín, muy apropiados para una comprensión crítica de Jarnés y de sus novelas, a las que podemos considerar como precursoras de la modalidad de la metaficción, generalizada en los años 70 y 80 en la novelística española, europea y americana.

Coincidiendo con las nuevas aportaciones de la teoría literaria, desde los años 90 del siglo pasado y en lo que va del siglo XXI, una pléyade de nuevos críticos han logrado, ¡por fin!, colocar la figura y la obra de Benjamín Jarnés en un primer plano de actualidad. Cito aquí, y por orden alfabético, la lista de sus nombres, de quienes han sido cali-

---

Martínez Latre el suyo aludido en la nota anterior, *La novela intelectual de Benjamín Jarnés*, en 1979. Sobre la suerte crítica de la obra de Jarnés, contamos con el reciente y comprehensivo estudio de Nigel Dennis, «*¿La hora de Jarnés?*».

ficados como «Los nuevos jarnesianos»: David Conte, Juan Domínguez Lasierra, María Soledad Fernández Utrera, Jordi Gracia García, Robert P. Hershberger, Juan Herrero Senés, Roberta Johnson, Juan Lanz, Francis Lough, Armando Pego Puigbó, Carlos Ramos, Domingo Rodenas de Moya, José Enrique Serrano Asenjo, Francisco Soguero García.[v] Es de esperar que este «renacimiento» crítico en torno a la obra de Benjamín Jarnés redunde en el interés de editores, profesores y lectores en sus libros, varios de ellos también reeditados en los últimos años. Con tal fin, y queriendo llegar tanto al lector universitario como al no especializado, sale a la palestra esta quinta edición de *Locura y muerte de Nadie*; tercera, en realidad, como novela publicada por separado.

***

De gran originalidad es este título que se mantiene en las tres diferentes versiones aparecidas: *Locura y muerte de Nadie*, alusivo al género de novela biográfica, pero que, paradójicamente, al ser Nadie el biografiado, la deja sin personaje, ni historia, lo cual, en el terreno de la ficción o, mejor de la metaficción, cumple uno de los propósitos de la novela vanguardista: destruir, desconstruir, la novela realista tradicional, llevándola de la supuesta realidad a la propuesta textualidad. En ella se plantea la problemática del sentido que puede tener un «héroe», individual, de novela —y, por extensión un ser particular de la vida real— en la sociedad, tecnológica, de las masas y, también (*algo en lo que no suele reparar la crítica*), de la incipiente, por aquellas

---

v   Para una última, y muy completa, selecta bibliografía crítica jarnesiana, véase la reciente «Bibliografía sobre Jarnés», de la edición *El aprendiz de brujo* con *La dama aventurera*, a cargo de Francisco M. Soguero García.

fechas, sociedad y cultura del consumo y del espectáculo. De aquí que se actualice, en la novela, la intertextualidad y el paragón paródico con don Quijote (y también con Hamlet, pues Juan Sánchez vuelve a debatirse entre el «Ser o no Ser» y como ambos, don Quijote y Hamlet, se ve abocado a la «locura»; en su caso, desde el título de la novela), quien ya vivió la imposibilidad de ser un héroe de la novela de caballería en el mundo de la naciente burguesía,[vi] y la relación con otras novelas de la vida moderna, protagonizadas por personajes alienados, personal y socialmente, como *Niebla* de Unamuno[vii] , o *Metamorfosis* de Kafka. Ateniéndome a esto, en un ensayo publicado en 1972, señalaba que *Locura y muerte de Nadie* es «uno de los testimonios novelescos más patéticos que se pueda encontrar en la literatura europea de entreguerras de la anulación y trituración del individuo en la sociedad maquinista y de las masas».[viii]

Retomando el tema de Nadie y de Nada, poco tiempo después, Antonio Machado en su *Juan de Mairena,* nos introduce un breve boceto de una comedia, titulada *Don Nadie en la Corte* en tres brevísimos actos: El protagonista acude a casa de don Claudio, y al ver que éste no llegaba (según refiere, posteriormente, el criado, pues Don Nadie es invisible en la pieza), dijo que no volvería más, y dejó su tarjeta, «José María Nadie. Del comercio». Cuando, en el tercer

---

vi   Sobre estos temas y aspectos de la supresión del héroe en la ficción moderna y de la relación de Juan Sánchez con don Quijote y Sancho (con éste ya desde la semejanza onomástica) se extiende Francis Lough en su ensayo, «Writing out the Hero: Benjamín Jarnes´s Locura y muerte de Nadie».

vii   Ya Roberta Jonhson señalaba las afinidades partiendo de la semejanza de nombres de los protagonistas o, mejor, «agonistas», Augusto Pérez y Juan Sánchez, en *Fuego cruzado. Filosofía y novela en España (1900-1934)*: 288.

viii En «La narrativa española de vanguardia: Un ensayo de interpretación», p. 211. Me satisface ver que Carlos Ramos recoge esta cita al tratar de la novela en su valioso libro, *Ciudades en Mente. Dos incursiones en el espacio urbano de la narrativa española moderna (1887-1934)*, publicado en el 2002.

acto, don Claudio, tras oír esta relación, se mira en el espejo del tocador de la sala en donde había estado Nadie, el espejo da una vuelta de campana y le presenta su revés de madera (*Obras* 380). Poco antes, Machado había escrito:

> *Nunca, nada, nadie.* Tres palabras terribles; sobre todo la última (Nadie es La personificación de la nada). El hombre, sin embargo, se encara con ellas, Y acaba perdiéndolas el miedo... ¡Don Nadie! ¡Don José María Nadie! ¡El Excelentísimo señor don Nadie! Conviene os habituéis –habla Mairena a sus Discípulos– a pensar en él y a imaginarlo (356).

Dejando a consideración del lector las disquisiciones de la novela y de Machado sobre Don Nadie, paso a considerar (sin mirarme en el espejo, por si acaso), en forma esquemática, los aspectos centrales de la «nueva novela» jarnesiana plasmados en las sucesivas versiones de *Locura y muerte de Nadie* y de cómo la de 1937, bastante aumentada y redondeada, sigue siendo la misma novela que la publicada en 1929 y, al mismo tiempo, otra distinta. Y entiendo lo nuevo en Jarnés como lo define Roland Barthes, en *El placer de texto*: no como moda, sino como deleite, colmado de la alegría que proporciona la originalidad. Este «placer del texto», tan manifiesto en toda su prosa narrativa, se contrapone en *Locura y muerte de Nadie* a la inquietud y la angustia del contenido: tiene hasta un sentido catártico[ix].

El propio autor en el Prólogo de esta novela, ya desde

[ix] Merecería hacerse un estudio comparativo de los supuestos delineados por Barthes en *El placer del texto* con los expuestos por Jarnés en sus escritos como «El arte mágica de Girandoux» y en sus libritos, *Ejercicios* (1927), *Pauta y Arabescos* (Inédito) y *Rúbricas (Nuevos Ejercicios), 1931*. En estos escritos, como Barthes en su libro, Jarnés recurre al fragmento, tan usado, igualmente, en sus novelas. Domingo Ródenas de Moya, infatigable y riguroso estudioso de la obra jarnesiana, ha recopilado estos escritos en el libro, *Bejamín Jarnés. Obra crítica*.

1929, después de simbolizar la inquietud y congojas que vive el protagonista en la imagen de «el gran pulpo» que acosa, en busca de devorar a quien se le ponga por delante, apunta: «¿Haré que el gran pulpo desaparezca entre las ágiles escamas, entre los vivaces tornasoles? ¿No correrá el albur de que –como otras veces– el aturdido transeúnte sólo vea sobre la superficie del agua esos racimos revoltosos de cohetes?» (6). Hay en estas palabras una velada alusión crítica al Ortega y Gasset de «La deshumanización del arte», y a tantos críticos en su estela, que en el «Arte Nuevo» sólo pudieron ver los «vivaces tornasoles» de las nuevas formas artísticas, las cuales no venían, en sus más logradas expresiones, a evitar las vivas, como sostuviera Ortega, sino, y por el contrario, a potenciarlas. Ya en la Nota que antecede al Prólogo, y valiéndose, precisamente, de una cita del pensador madrileño, prefiguraba Jarnés, de modo implícito, que su novela era toda una recusación de varias de las 7 tendencias centrales del «nuevo estilo», destacadas en *La deshumanización del arte,* resumidas en la primera, «La deshumanización del arte» y en la séptima: «el arte, según los artistas jóvenes, es una cosa sin trascendencia alguna». De aquí que podamos cuestionar los pioneros análisis de Samuel Putnan y Paul Ilie, considerando la novela de Jarnés como paradigma de la «deshumanización del arte». Aunque sí hay que añadir que en *Locura y muerte...,* como en tantas otras manifestaciones artísticas de la vanguardia, se daban algunas de las tendencias filiadas por Ortega. En el caso de las novelas jarnesianas, aquellas tendientes como la 5, «a una esencial ironía», la 6, «a eludir toda falsedad y, por tanto, a una escrupulosa realización» y, también la 4, «a considerar el arte como juego, y nada más», pero sin «el nada más».[x]

En tal Nota de 1929, antepuesta a la novela, y utilizando palabras del propio expositor de la «deshumanización del arte», Jarnés venía ya a proclamar «la rehumanización del arte»: «La poesía y todo arte versa sobre lo humano y sólo sobre lo humano», escribe, añadiendo, a continuación, otra matización orteguiana muy importante: «Siendo esto así, no podía menos de seguirse que todas las formas del arte toman su origen de la variación de las interpretaciones del hombre por el hombre... Dime lo que del hombre sientes y decirte he qué arte cultivas»[xi]. En 1935, termina *Feria del libro* con las mismas palabras, a las que incorpora esta precisión:

> Estas palabras son ya antiguas: cualquiera puede leerlas en las *Meditaciones del Quijote*. Pero se prefirió comentar algunas otras de la famosa *Deshumanización del arte*, tomada siempre como *receta* cuando no se trataba sino de un diagnóstico (295).

Tales palabras son claves para adentrarnos en los significados y en la forma de *Locura y muerte...* escrita en la época de entreguerras, con el hombre y la mujer, sumidos en la sociedad técnico-maquinista y de las masas, del espectáculo y del consumo, y abocados (y también sometidos cuando firma su versión de 1937) a uno de los momentos más trágicos de la historia contemporánea, española y mundial. Ahorma en esta novela, en las nuevas formas artísticas del momento, las inquietudes presentes apuntan-

---

x   Entre las páginas 63 y 91 de su libro, *La voluntad de estilo*, David Conte hace una detallada valoración actual de la rica y compleja relación de la obra de Jarnés con el pensamiento orteguiano.

xi   Una última y detallada disquisición en torno a toda esta cuestión, es la reseña-ensayo, «La cuenta pendiente de la "deshumanización"», de Francisco José Martín, sobre *Elogio de la pureza*, último de los libros re-editados de Jarnés.

do posibles salidas; esto último, muy especialmente, en la versión de 1937. Concluía dicha Nota, y ya en la edición de 1929, con estas palabras: «... Por eso la literatura genuina de un tiempo es una confesión general de la intimidad humana entonces». Significativamente, en la versión del 37, re-escrita posiblemente entre 1935 y 1937, la gran aportación es la profundización en la intimidad y metamorfosis de dos de los protagonistas, Arturo y Matilde, muy en especial en la de ésta, que se sobreponen a la «sucesión de escenas junto al verdugo», a las cuales sucumbe Juan Sánchez. El Prólogo de 1937 alude a ello en varios párrafos añadidos, en los cuales la subjetividad aparece vinculada a la otredad, tema vital de la última versión de la novela y, en general, de la obra jarnesiana a partir de la década de los años 30: una constante central de su «rehumanización del arte. La versión de 1937, aumentada en páginas, capítulos y temas, es la que considero en las interpretaciones que siguen:

Se dan en la novelística jarnesiana, fundidos –como paso a considerar con *Locura y muerte de Nadie*–, tres de los cuatro campos conceptuales de la estética del siglo XX, según ha estudiado Mario Perinola: la estética de la vida, la de la forma y la del conocimiento. La cuarta, la de la acción, brilla por su ausencia, lo cual redundó en la desvalorización de su novela, en unos años, terminada la IIª Guerra Mundial, en que tanto se propuso el arte «comprometido» y la acción artística como toma de partido.[xii] No obstante, la acción, vinculada a la vida y dentro de la concepción orteguiana de «la vida como quehacer», también aparece como objetivo en *Locura y muerte de Na-*

---

xii   Aunque en su fase mexicana, como ya traté al considerar su biografía, *Don Vasco de Quiroga, obispo de la utopía* se da un desplazamiento del texto a la acción. *Bejamín Jarnés,* 140.

die. Ya desde el primer encuentro de Arturo con Juan Sánchez y Sánchez, remedo hamletiano, debatiéndose entre el «Ser y no Ser», aquél le insta: «La acción reconstruye, zarandea, remueve, modifica. Ensaye a obrar activamente; le surgirán actos originales» (28). Aunque y tratándose de una metanovela, la cual dentro de sí misma, viene a invalidar la novela tradicional, con sus personajes-tipos, argumento con principio, medio, y desenlace final, el propio autor implícito quita a su personaje el suelo de la acción: una acción que, cuando aparece en la novela, lo hace en forma contraria a la de la novela realista-naturalista: marcada por la casualidad (y no causalidad, de causa y efecto), el azar, y la contradicción. Ésta última explica algo que dejaba tan perplejo a un crítico tan agudo como Gustavo Pérez Firmat, el que mientras A. Miranda Junco definiera a *Locura y muerte de Nadie* como «libro agónico», Azorín la considerara como «obra carnavalesca»; y, en verdad, admite ambas interpretaciones.

Arturo, el antagonista de Juan, aunque también acabé compartiendo por él el mismo sentimiento del autor, quien en el Prólogo, y dentro de la comprensión del Otro, nos dice, «A fuerza de tropezarme con Juan Sánchez he llegado a intimar con él, a quererlo», es una pieza fundamental en la construcción de esta metanovela o posibles e imposibles novelas y dramas, dentro de la novela. A tono con esto, y muy apropiadamente, Arturo es «agente de seguros contra incendios» y, por lo tanto, siempre llega al lugar de los sucesos después de acaecidos, tanto en los reales como en los metafóricos incendios pasionales de los dramas novelescos y melodramáticos que presencia y en los que se ve envuelto: tiene la función de «ir apagando», los brotes de novela tradicional, en las variantes de novela galante, sicalíptica o melodramática y, en fin, mercantil, dejando el camino despejado para que el autor implícito vaya tejiendo su novela artística. Esto de introducir la crítica de la novela, dentro de ella, es una de las característica más señaladas de la metaficción, muy presente en *Locura y muerte de Nadie*. Ha sido un tema muy tratado, en sus distintos ángulos, por la última crítica que se ha ocupado de ella.

Junto al narrador y al autor implícito (quien también une al narrador y al personaje-antagonista mediante el frecuente uso del estilo o discurso indirecto libre, forma intermedia entre el discurso del narrador y el del personaje, y con los cuales el autor, asimismo, comparte sentimientos y pensamientos afines; de ahí la veta de novela autobiográfica), Arturo, quien también es «profesor de filosofía», con frecuencia se desentiende de la acción para ofrecernos sus reflexiones sobre lo que mira o lo que piensa. Continuas digresiones que, junto a las del narrador, dan a la novela su carácter de novela ensayista o intelectual, tan señalado por la crítica.[xiii]

La estética de la forma informa, valga la redundancia, la novelística jarnesiana, toda ella basada en romper –desconstruir, diríamos ahora– las formas de la novela tradicional y crear nuevas formas, en consonancia con lo que advertía la Nota de Ortega y Gasset citada, «todas las formas del arte toman su origen de la variación en las interpretaciones del hombre por el hombre». Esto encuentra una de sus más acabadas expresiones de la novelística de

---

xiii   En su minucioso y comprehensivo estudio, María Pilar Martínez Latre analiza, con agudeza, estos «Enclaves no narrativos», *La novela intelectual de Benjamín Jarnés* (99-102).

Jarnés en *Locura y muerte de Nadie*, contextualizada en el seno de la sociedad tecnológica y de las masas, en la que surge todo un torbellino de nuevas prácticas y acercamientos en torno a la problemática del ser humano y de su civilización; en este caso, la Occidental ya en una crisis diagnosticada por Oswald Spengler en *La decadencia de Occidente* (sus cuatro volúmenes traducidos al español y publicados entre 1923 y 1927), de la cual también encontramos ramificaciones en los planteamientos de las novelas jarnesianas: muy concretamente, en la trilogía que forma esta novela con dos inmediatamente posteriores, *Teoría del zumbel* y *Escenas junto a la muerte*. Sucintamente, expongo los que considero principales logros formales y temáticos de *Locura y muerte de Nadie* confiando en que el lector/a de ella los amplíe, al ir leyéndola, y de acuerdo a su conocimiento y respuesta a la lectura.[xiv]

✳✳✳

Dentro de la distinción establecida por la teoría de la narración entre *historia y discurso*, el qué y el cómo o, remontándonos a los griegos, entre *mimesis* y *poiesis*, en la narrativa jarnesiana ésta es la que prevalece. De aquí el que, igualmente, se la conozca como novela poética o lírica o artística. Tal ascendencia del discurso se manifiesta, claramente, en el predominio, dentro del eje de las relaciones de duración temporal en la novela, de la pausa descripti-

---

xiv   Trato de analizar aquí aspectos formales no tratados en *Benjamín Jarnés: Bio-grafía o metaficción* y en varios otros de mis ensayos. Como completo de lo que escribo ahora, véase el capítulo IV de dicho libro: «Apogeo de su experimentación novelesca: *Paula y Paulita, Locura y muerte de Nadie* y *Teoría del zumbel*». También recomiendo los más recientes, y muy agudos, asedios críticos a éstas y otras novelas de Jarnés, de Armando Pego Puigbó, en la Introducción y notas de su edición de *Teoría del zumbel* y de David Conte en su libro, *La voluntad de estilo. Una introducción a la lectura de Benjamín Jarnés*.

va, donde el tiempo del discurso es de mayor duración que el de la historia, la cual queda detenida en la pausa. No por nada, el tiempo preferido por Jarnés en sus novelas es el «pluscuampresente», expresión acuñada por él mismo. Son de gran originalidad estas pausas descriptivas, poéticas –junto a las ensayísticas–, anuladoras del tiempo de la historia, en las que se celebra la metamorfosis imaginativa, por medio de la metáfora y del símil, de la realidad referencial. Mencionaré dos de las más destacadas en *Locura y muerte...* la del Banco, en el primer capítulo, donde la acción y la descripción se funden en una especie de «danza epiléptica» –para usar una expresión del autor– : un dispararse de metáforas propias del arte nuevo, procedimiento mediante el cual Jarnés –como los otros novelistas de vanguardia– lleva al género narrativo la frase de Ortega y Gasset de que «La poesía es hoy el álgebra de la metáfora». En su cultivo, nuestro autor se pone a la altura de los poetas del 27 y, también del Ramón de «Las greguerías». El propio Pedro Salinas escribe respecto a nuestro autor, «La metáfora traspone la realidad, la atraviesa...»,[xv] como vemos en la descripción de la prosaica operación en la ventanilla de un Banco, convertida en: «Se escucha el sordo roce de largas serpientes de sumandos que reptan por los atriles. Por una ventanilla le sonríen a Arturo las cuatro filas de dientes de una "Remington"...» (10). En realidad, todo el primer capítulo el de las operaciones numéricas del Banco y sus clientes –éstos reducidos a números– es un despliegue de taumaturgia de la imagen: el valor de cambio, mercantil, convertido en valor artístico.

La segunda descripción que destaco (uno de los máxi-

---

xv   En un ensayo, «Jarnés, novelista», publicado en 1934, y recogido en *La novela lírica* II, 167-170.

mos ejemplos, de la estética de la forma en la novelística de Jarnés, una forma híbrida que convoca, además de a los cinco sentidos, los distintos medios artísticos, el cine, el teatro, la música, la danza, la arquitectura y, en ese caso, la pintura, la cubista) [xvi] es la del frutero o «azafate» en el comedor de la casa de Juan y Matilde en el capítulo XII, significativamente titulado: «Bodegón y celos»: cinco páginas con el *discurso* de una maravillosa descripción (139-144), la cual desplaza a una insulsa *historia* melodramática de los «celos», ironizada, y resumida en las palabras de Juan, al entrar de sorpresa en el comedor: «—Soy un hombre ridículo. Había preparado la farsa del marido que se va y se queda... Perdóneme. Iba a matarle a usted» (145).

Esta fallida farsa/tragedia familiar, le da a pie al narrador, para como en otras ocasiones, a lo largo de la narración, expresar él, o dejar que Arturo las exprese, sus ideas sobre la novela y el drama y la interrelación entre realidad y ficción y viceversa. A diferencia de «el falso novelador –nos dice– que manipula trozos singulares de vida y los acopla «para hacerlos hervir ruidosamente en un momento prefijado», en la suya: «no se tuvo la fortuna de hallar a todos los personajes en su punto de más alta tensión. Para algunos se adelantó, para otros se retrasó la novela. Aquí aparecen según vivían al ser llamados a figurar en este sencillo relato» (147). La crítica se ha debatido sobre en cuál de las dos modalidades de novelas que, según expone Arturo, se abren en una época en que va quedando poco margen para el individuo, hay que situar a *Locura y muerte de Nadie*: novela de masas o novela red, poligráfica, en «lugar de la ya aburrida monografía» (154), que,

---

xvi   María Soledad Fernández hace un detallado y agudo análisis de esto, en el capítulo 2, «La novela al cubo: Perspectiva e Hibridación en la novela poligráfica de Benjamín Jarnés. Análisis de *Locura y muerte de Nadie*», de su libro *Visiones de estereoscopio (Paradigma de hibridación en el arte y la narrativa de la vanguardia española)*,

inútilmente se empeña, añado yo, en protagonizar, Juan
«Don Nadie». Creo que, igualmente, aquí, se da lo uno en
lo otro. Jarnés sitúa su novela en el contexto de la sociedad
de las masas, según el análisis de Ortega y Gasset: «(Traer
a «Locura y Muerte» el problema de las masas. ¿Qué hay
en nosotros de «masa» y qué de individuos?», escribió en
Proyectos de novelas...) (14). No hay en él ninguna simpatía
ni comprensión por una novela o un Arte de masas, tan
propiciados, poco después y en la España republicana por
novelistas como Arderíus y su paisano Sender y el grupo
de Alberti y María Teresa León en torno de la revista *Octubre*[xvii], entre otras y otras escritores y artistas. Por el contrario, a *Locura y muerte* y las otras novelas que publica por
la misma, o casi, la misma fecha, *Paula y Paulita, Teoría del
zumbel* y *Escenas junto la muerte* sí las podemos considerar
como logradas experimentaciones de una «nueva» novela
red, poligráfica: un entrelazamiento de mallas de escritura como red para pescar el Ser o la Nada, en las aguas de
la Vida y de la Muerte.

La espiral («Curva plana que da indefinidamente
vueltas alrededor de un punto, alejándose de él más en
cada una de ellas») es la curva en que se inscribe la re-es-
critura de varias de sus novelas, engendrando nuevas versiones. Ya en su artículo de 1924, «El arte mágica de Gi-
raudoux», también recogido en *Cartas al Ebro*, de 1942,
iniciaba uno de los apartados con el subtítulo: «ESPIRAL,
LÍNEA DEL ARTE»; la espiral que, como destaca Juan
Eduardo Cirlot en su *Diccionario de símbolos,* es «forma esquemática de la evolución del universo», como voluta sim-
boliza, en las culturas antiguas, «el aliento y el espíritu» y

---

xvii He estudio, extensivamente, tal movimiento en pro de un Arte y Literatura de Masas en el ya citado libro *La marcha al pueblo....*

«está asociada a la idea de la danza», todo lo cual encuentra cabida en el mundo novelístico jarnesiano.

En su, nada sencillo, más bien barroco, novelar (a tono con aquello de que el Barroco es el arte de un mundo que ha perdido su centro), Robert Hershberger, agudamente, advirtió, que Jarnés se vale, principalmente, de dos medios artísticos el teatro y el cine: el primero para desmontar, como el caso anterior señalado, lo artificioso de las situaciones dramáticas propias de las farsas, sainetes, melodramas teatrales y también de la novela blanca, rosa o galante. A favor de éstas, habría que decir, como ya señalara Gramsci, respecto a la literatura popular, folletinesca, italiana, que son las formas gustadas por el lector común. Quizá por eso, y como instara el pensador italiano a los escritores cultos, mediante su uso, parodiado, buscara Jarnés un vínculo con tal lector[xviii], a pesar de que el lector implícito en sus novelas sea ese «implied reader» de Iser o el «lector modelo» de Humberto Eco que, como resume, José María Pozuelo Ivancos «es un lector que el texto necesita para su existencia y que el proceso de lectura va estableciendo, aquel que colma las presuposiciones, que llena los vacíos y extrae el texto de su indeterminación» (*Curso de teoría de la literatura*, 230).

El otro medio, de los dos que destaca Roberto Hershberger, frente al «falso» teatral, es el del cine: «arte de las artes» y el del siglo XX. Mediante elementos de su lenguaje, traspasados a la novela, Jarnés se vale de técnicas cinematográficas (montaje, movimiento y luces, planos, ángu-

---

xviii En *Feria del libro,* Jarnés hace una crítica de cómo los escritores de su generación se habían apartado del lector medio: «Y no sólo en España, también en el resto de Europa hubo que lamentar este achaque de la penúltima generación: su falta de enlace con el llamado *gran público*, su desdén hacia el nivel medio de las gentes»(27-28). Por el contrario, este *Feria del libro,* de 1935, es ya un llamado a esa «Hora del lector», preconizada por José María Castellet en los años 50.

los, disolvencias, travellings, elipsis...) [xix] para darnos el dinamismo y la visibilidad de la vida urbana, moderna y maquinista y el deambular en ella de sus personajes. En esto también juega Arturo un importante papel. En sus recorridos de *flaneur* por parajes de la ciudad o de *voyeur* en las visitas nocturnas a los cabarés, más que, personaje de novela, parece actor de cine, que ve y es visto. Se da en estas novelas de Jarnés algo que estudia Laura Mulvey, basándose en el cine «clásico» de Hollywood, en su libro, *Visual and Other Pleasures*: la mujer, en plan exhibicionista, aparece como un fetiche, «objeto del deseo» del personaje masculino, un voyeur. Aquí, además, la mirada de Arturo y sus ojos tienen mucho de cámara cinematográfica, cámara que, también, desde fuera y desde los ojos de otros personajes le sorprenden a él. Predomina en la novela, lo visual, «el pensamiento –y el goce– visual»: la mirada, el ver, los ojos, éstos son –principalmente los de Arturo, aunque no los únicos– un *leit motif*. A veces hasta aparecen en unas imágenes que recuerdan lo que podría ser un cuadro de Dalí: «Los seis ojos se entremezclan, vertiendo los zumos de su mirar en un mismo ponche» (136).

Imagen, ésta, de un estado de semi-delirio o ensoñación de Arturo, los cuales se repiten en la novela. Ya Buñuel, paisano y amigo de Jarnés, nos había dicho, que «el cine parece haberse inventado para expresar la vida subconsciente» (185) y, en el mismo año que *Locura y muerte...*, nos dio su gran buceo fílmico en ello: *Un perro andaluz*, con su protagonista abocado a dicha vida. Los estados de duer-

---

xix   Ya traté este aspecto en «La dimensión cinematográfica» (86-89), apartado de mi libro *Benjamín Jarnés*.... Posteriormente, otros críticos se han ocupado del tema, en especial, Robert P. Hershberger en su tesis doctoral, *The Visuals Arts in the Novels of Benjamín* (1999); tesis inédita que debería publicarse en forma de libro, y en el ensayo del que me valgo, «Tales of Seduction on the Stage and Screen: The Beginings of a Cinematic Mode in Benjamín Jarnes's *El profesor inútil*».

mevela y de ensoñación los vive Arturo, muy manifiesta-
mente en el primer capítulo y en el último. En éste, y con
el procedimiento surrealista de «lo uno en lo otro» y del co-
llage, aparece al mismo tiempo, viviendo una serie de episodios y de pensamientos, ante la ventanilla del Banco, del
principio, y frente a la de un vagón de tren. Igualmente, en
el capítulo XVII, «Nocturno y Fuga», su espera nocturna
de Matilde en un cabaré, «matando» tres horas, en compañía, con disfrute erótico, de una cabaretera, al final no sabemos si la ha vivido, en realidad, o soñado.

Ya ese mismo capítulo y su título, «Nocturno y fuga»,
como en otros donde los personajes concurren a los espectáculos nocturnos de cabarés, nos vale para adentrarnos en
lo que *Locura y muerte de Nadie*, tiene, y más que de novela de la sociedad de las masas, tema explícito en ella, de an-
ticipo novelesco de «La sociedad del espectáculo», término acuñado y teorizado por Guy Debord en los años 60, la
cual, desde nuestra perspectiva actual, deviene tema implícito y fundamental de la novela. En consonancia con
esto, Jarnés se adelanta, en *Locura y muerte de Nadie*, igualmente, a uno de esos giros que, como estudia Mario Perni-
ola, se dan, a partir de la segunda mitad del siglo XX, en
las cuatro áreas temáticas de la Estética que analiza: en este
caso, el giro en la estética de la forma, la cual adquiere una
tendencia *mediática*. Por su parte, Guy Debord había aso-
ciado la sociedad del espectáculo a la mercancía y a los *media*. Una primera fase de tal sociedad ya se daba en los años
20 y uno de los valores de la trilogía novelesca de Jarnés,
de la cual *Locura y muerte...* forma parte, es lo bien contextualizada que ésta en dicha sociedad y cultura, y la crítica

que hace de ella[xx]. Tengamos muy presente, que la acción de la novela comienza en un Banco, en unos años de frenética actividad financiera (De aquí que el propio Arturo señale, «Sí, tal vez el héroe moderno está llamado a ser jugador de Bolsa. Pero un jugador de Bolsa no suele soñar con estatuas, sino con millones»): la espiga, «emblemática de la fecundidad y atributo solar» (*Diccionario de símbolos*, 195) aparece, en el primer capítulo o fragmento de la novela, hendiendo el «aire» del Banco, pero transformada en un «grumo de oro». En uno de esos casos en que «la vida imita al arte», pocos días antes de publicada esta novela, en octubre de 1929, tuvo lugar el gran «crash» de Wall Street. Ya la novela terminaba con un gran desfalco bancario. Y el espectáculo que previno su autor, anticipado por Juan Sánchez: «Gentes apresuradas que preguntan llenas de zozobra, que recorren los pasillos, las ventanillas. Sollozos de viudas, rugidos de cuentacorrentistas» (209), es el mismo espectáculos que se dio entonces en Nueva York o en Chicago y que hemos podido ver ahora (julio del 2008), por televisión, vividos por los cuentacorrentistas del Banco IndyMac, en Pasadera, California.

Como este final del Banco Agrícola, son varios «los espectáculos» que se repiten a lo largo de la novela, en la cual las palabras, «espectáculo», «espectador», «espectadores», aparece con frecuencia. En ella se da lo que Gy Debord definiera como esencia de la «sociedad del espectáculo»: el que la relación social entre personas está mediatizada por la imagen, debido a la producción de técnicas de difusión masiva de la imagen. En el caso de *Locura y muerte...* esas técnicas son la prensa y el cine. Ya en el comienzo, se nos

---

xx   Sobre esta trilogía novelesca, que forma *Locura y muerte...* con *Teoría del zumbel* y *Escenas junto a la muerte,* Armando Pego Puigbó hace agudas disquisiciones teóricas en su Introducción a la edición de *Teoría del zumbel.*

presentaba «un tropel de seres inclasificables, de ambos sexos, que luchan desde sus banquetas por reproducir externamente el contorno exterior de una estrella de moda» (19). En el capítulo VII, añadido en la versión de 1937, «Sancho, padre común», donde se introduce el tema del quijotismo, Patricio, nuevo e importante personaje en esta versión, y Arturo se extienden en una conversación de cómo la prensa crea «ídolos del crimen», e «ídolos presidiables», en busca de la popularidad y de la fama, tema, tan de nuestro tiempo, que extienden a artistas y autores en busca de una»fama de urgencia» (esos «minutos de fama», que postulara Andy Warhol en los años 60, cuando yo leía la novela en el mismo Nueva York), en «ser traídos y llevados por las revistas esclavas del llamando "gran público"» y con el pensamiento puesto en una «inmediata retribución pecuniaria» (86). ¿Están hablando de entonces o de ahora?

Lo que tiene *Locura y muerte de Nadie* de novela de «la sociedad del espectáculo» aparece muy presente, además de en el penúltimo capítulo XX, «El banco Agrícola», ya tratado, en el VIII, «Textos Vivos», y en el XV, «Las dos muchedumbres». En el VIII, cuando una cámara de cine viene a filmar el suceso de un asesinato político, el lugar del crimen es convertido por la multitud en un circo. Ante la llegada de unos operadores que vienen a filmar, sucede lo siguiente:

> La multitud recibe de golpe esa profunda impresión. ¡También ella es espectáculo. Y se dispone a serlo. Se inventan sonrisas, se avivan miradas, se atusan rizos. Se olvidan que se prepara un espectáculo en que cada espectador puede ser un personaje (95).

Y allí se abalanza Juan Sánchez a situarse enfrente de la cámara: él es epítome de la sociedad del espectáculo, en la cual todo el mundo quiere ser protagonista. Esto continúa en el XV, apropiadamente titulado «Las dos muchedumbres»: cine dentro del cine y de la novela: en pantalla una multitud expresiva, en la sala otra «en estado nativo», mirándose en el espejo de la «¡irreal!». Una especie de *mise en abyme*, en donde nos encontramos en el mismo «corazón del irrealismo de la sociedad real», según define Debord al espectáculo. Se estrena la «información gráfica» del suceso del crimen y Juan Sánchez acude a la sala a deleitarse viéndose en la pantalla. Sin embargo, cuando aparece en ella, el primer plano de su rostro atomizado es barrido, en una disolvencia, por otra cara, «Y otra, y otra» de la multitud (167), revelando a Juan Sánchez y Sánchez, una vez más, su condición de un Nadie, fundido en la Nada, dentro de la alienante sociedad de las masas y del espectáculo, en donde: «A unos ojos desorbitados de allá, corresponden otros ojos desorbitados de acá» (166).

Otro espectáculo, el del programa de cine de la próxima semana, que anuncia y describe Arturo –un añadido en la versión del 37–, da a la novela un giro fundamental. Se trata de la descripción de la novela futurista de H. Wells, *Things to Come*, llevada a la pantalla por el productor Alexander Korda en 1936: película que, como la novela, anunciaba un futuro de muerte y destrucción mundiales; un futuro que, cuando Jarnés firma esta versión de su novela, era todo un presente en España, en plena guerra civil, pronto extendida a la IIª Guerra Mundial. Arturo declara que ha contemplado las primeras fotografías del «film», las cuales bien pudieran ser las que el propio Benjamín Jarnés pudo haber visto y vivido en Madrid al comienzo de la guerra: «...Llamas por todas partes, Bancos macizos que estallan como burbujas, árboles desgajados, muros negruzcos, desplomados sobre algún sobreviviente loco...» (169).

Tras la aniquilación total se reconstruye la visión «futurista» de un mundo nuevo «aséptico». Lo único que no se tiene que fabricar de nuevo es el amor: «El amor prosigue su milenaria trayectoria», leemos (171). Y al final de la conversación, Matilde arguye: «Menos mal que en la ciudad futura se conserva el amor. ¡Es conservarlo todo!» (173). Con estas palabras, Matilde, ya no Rebeca, se hace con el listón de la novela, desplaza a Juan y Arturo como verdadera protagonista de los últimos capítulos de ella. Deviene, afirmándose en la vida y en el amor, «La heroína fiel», título del capítulo XVII: personificando el amor, ahora inclinado al «ágape», representa el gran antídoto jarnesiano contra la sociedad y la cultura del espectáculo, haciendo que esta versión de 1937 sea toda una «nueva novela». El capítulo final, el XXI, «Remate y preludio», tan alusivo, y ya desde su título, a lo que la novela tiene de novela abierta, termina... «¡No, no contaré el final!», pero sí cito las últimas palabras. Se escucha un gran silencio: «Es el preludio de un canto nuevo. Allá en Los Olmos, comienza la novela».

El apelativo dado a Margarita en el capítulo XVII, «La heroína fiel», ya lo había usado Jarnés en *El profesor inútil*, extendido a «El río fiel» –título del fragmento cuarto–, el Ebro, que vuelve a aparecer en esta novela, jugando un papel central, y bajo el nombre de «El soldado desconocido», capítulo XIX. A su pretil, lleva Arturo a Juan, a asomarse a él: es el héroe, el gran creador, «el gran maestro de la vida. Y su símbolo...» (156). «Debe usted conocerlo y amarlo –como yo–sobre todas las cosas. Es la misma vida» (157). Dentro de la estética de la vida, y para restañarla de la de «la deshumanización del arte», lleva el autor a su novela a mirarse en las aguas de la «misma vida». Como he indicado, Matilde, «la heroína fiel», se funde en ellas: resplandece en su individualidad única. Si Juan Sánchez nos ha enseñado lo que hay en nosotros de masa, Matilde, y en su secuela el último Arturo, nos muestran lo que hay de individuo, podríamos decir contestado a la pregunta, ya citada, y que Jarnés planteaba sobre su novela. Cuando ella toma el hilo de la novela, seguida por Arturo, ésta se «revitaliza»: desaparecen en los capítulos finales, añadidos o rehechos, los «racimos revoltosos de cohetes» sobre la «superficie del agua», el predominio lúdico de imágenes es sustituido por un lenguaje narrativo directo, con predominio del diálogo y del género epistolar, propio de lo íntimo. Nos adentramos al fondo del agua de la novela donde la intimidad, la otredad y el amor han reemplazado a la Nada personificada por Juan Nadie y a la que ha sido devuelto.

El protagonismo que adquiere Matilde en la última parte de la novela hace que *Locura muerte de Nadie* pase a formar parte de una tetralogía novelesca de Jarnés en que la mujer es el sujeto principal, junto a *Viviana y Merlín* (1930), *El libro de Esther* (1935) y *Eufrosina o la gracia*

(1948).[xxi] La segunda de ellas se publicó por las mismas fechas en que Jarnés debió estar gestando su última versión de *Locura y muerte de Nadie*, y *Eufrosina o la gracia* debió estar escrita casi al mismo tiempo, o inmediatamente después, que esta versión de 1937, pues estaba finalizada al partir Benjamín Jarnés al exilio, aunque no se publicó hasta 1948, cuando ya su autor quizá, y debido a su enfermedad, no pudo ni acordarse de haberla escrito. En las cuatro obras, y frente a los odios, violencia y destrucción que se desataron en los años 30, ahogando a España, como antídoto y esperanza, él se afirma en la mujer: encarnación de valores supremos, la Vida, la Gracia y el Amor.

Me gustaría terminar esta Introducción a *Locura y muerte de nadie*, con aquella semblanza de Benjamín Jarnés, trazada por él mismo, en carta a Gregorio Marañón, en los primeros momentos de zozobra del exilio, desde Limonges, en marzo de 1939:

> Quiero recordarle la situación mía: la de un español republicano, sin documentos, sin dinero, sin trabajo –apenas, salvo *La Nación*– y, lo que es más gracioso, sin ningún antecedente del cual pueda sacar partido favorable y sin todos los desfavorables. No sé. Lo que estoy sabiendo es que hemos defendido lo indefendible. No me olvide, O me olvide, como tal Jarnés y sólo se acuerde de un español leal a una fe republicana... y martir –totalitario– de esa fe. *Epistolario* (220).

---

xxi La metamorfosis de Rebeca, «objeto del deseo» en Matilde, sujeto de la acción, marca esta gran evolución. Acentuando esto, también cambia la perspectiva de Arturo sobre la mujer. Si en gran parte de la novela, tanto el narrador como Arturo ven a la mujer, como objeto del deseo y del placer, con mucho de fetichismo (deleitándose en las descripciones de las piernas de las cabareteras en sus frecuentes visitas a los clubs nocturnos, y llegando a comparar a la mujer con una fruta. En la descripción de «El bodegón», Arturo acaricia a la fruta como si estuviera acariciando a Rebeca. Esto cambia al final, cuando Arturo llega a establecer una relación amorosa con Matilde, basada en la intimidad, la comprensión y el respeto.

Esta edición

A no tener a mano el manuscrito de la versión de 1937, me sirvo del texto publicado por la edición de Viamonte, 1995, la cual parece basarse en la de Planeta de 1961, realizada por Joaquín Entrambasaguas, tomada directamente del manuscrito original. Sin embargo, cotejando estas dos ediciones, en la última, de Viamonte, además de ciertas erratas, detecto algunas variantes y algún párrafo omitido. Corrijo esto, recurriendo a la edición de Planeta. En caso de divergencias, como ocurre con el título del primer capítulo, «El alza del trigo», en la primera, y «El arca del trigo», en la segunda, y a pesar del simbolismo de este título, me inclino por el texto de la edición de Joaquín Entrambasaguas en colaboración con María del Pilar Palomo. Quizá en un futuro cercano, alguien pueda hacer una nueva edición facsímil del original. Se trata de una obra canónica de la novelística escrita en español en el siglo XX y cuantas ediciones se hagan de ella más ayudaría a conocer y a gustar la tan importante obra novelesca de

Benjamín Jarnés, tan injustamente el olvidado por editores, críticos y público lector y por tan largo tiempo. En este sentido también se debería hacer una edición ajustada a la versión de 1929, pues ella expresa, entre «agónica» y «carnavalesca», con juguetona gracia, ligereza y humor, una última expresión lumínica de la narrativa vanguardista.

Bibliografía citada

Barthes, Rolland. *The Pleasure of the Text*. Nueva York: The Noonday Press, 1975.

Buñuel, Luis. «El cine instrumento de poesía». *Luis Buñuel. Obra literaria*. Ed. Agustín

Sánchez Vidal. Zaragoza: Ediciones del Heraldo de Aragón, 1982.

Calderón Conejero, María Lucrecia. «Proceso de valoración de las tres versiones de *Locura y muerte de Nadie, de Benjamín Jarnes*». *Analecta Malacitana* III, 2 (1985): 292-312.

Cirlot, Juan-Eduardo. *Diccionario de símbolos*. 5ed. Barcelona: Editorial Labor, 1982.

Conte, David. *La voluntad de estilo. Una introducción a la lectura de Jarnés*. Madrid: Biblioteca Nueva, 2002.

Debord, Guy. *La societe du spectacle*. París: Éditions champ libre, 1971

Dennis, Nigel. «La hora de Jarnés». Epílogo. *El aprendiz de brujo*. Ed. Francisco M. Soguero García. 403-421.

Fuentes, Víctor. «La narrativa española de vanguardia (1923-1931: Un ensayo de Interpretación». *The Romanic Review* LVIII, núm.3 (1972): 211-218. Reimpreso en *La novela lírica* II. Ed. Darío Villanueva. 155-163

_____. *Benjamín Jarnés. Bio-Grafía y metaficción*. Zaragoza: Institución Fernando el Católico, 1989.

_____. *La marcha al pueblo en las letras españolas 1917-1936*. Madrid: Ediciones de la Torre, 1980 (2ed. 2006).

Gullón, Ricardo. «Persona y personaje en Benjamín Jarnés». *Jornadas Jarnesianas. Ponencias y comunicaciones*. Zaragoza: Institución Fernando el Católico, 1989. 89-106.

Herbshberger, Robert. «Tales of Seduction on the Stage and Screen: The Beginings of a Cinematic Mode in Benjamín Jarnés's *El professor inútil*». *Anales de la Lliteratura Española Contemporánea*. VII/I (1995): 57-81.

Jarnés, Benjamín. *Locura y muerte de Nadie*. Madrid: Ediciones Oriente, 1929. 2ed, en *Las mejores novelas contemporáneas*. Selección y estudio, Joaquín Entrambasaguas. Barcelona: Editorial Planeta. 1314-1564. 3ed. Introducción de Idelfonso-Manuel Gil. Madrid: Viamonte, 1995.

_____. *Feria del libro*. Madrid: Espasa-Calpe, 1935.

_____. *Cartas al Ebro*. México: La Casa de España en México, 1940.

_____. *Don Vasco de Quiroga, obispo de la utopía*. México: Ediciones Atlántida, 1942.

_____. *Proyectos de novelas, fragmentos y recreaciones*. Cuadernos Jarnesianos 12. Zaragoza: Institución Fernando el Católico, 1988.

_____. *Benjamín Jarnés. Obra Crítica*. Zaragoza. Institución Fernando el Católico, 2001.

_____. *Benjamín Jarnés. Epistolario, 1919-1939 y Cuadernos Íntimos*. Eds. Jordi Gracia y Domingo Ródenas de Moya. Madrid: Publicaciones de la Residencia de Estudiantes, 2003.

_____. *El aprendiz de brujo con La dama aventurera*. Ed. Francisco M. Soguero García. Madrid: Publicaciones de la Residencia de Estudiantes, 2007.

_____. *Elogio de la impureza. Invenciones e intervenciones*. Ed. Domigo Ródenas de Moya. Madrid: Fundación Santander Central Hispano, 2007.

Johson, Roberta. *Fuego cruzado. Filosofía y novela en España (1900-1934)*. Madrid: Libertarias/Prodhufi, 1997.

Lough, Francis. «Writing out the Hero: Bernjamin Jarnes´s *Locura y muerte de Nadie. Hacia la novela nueva. Essays on the Spanish-Avant Garde- Novel*. Ed. Francis Lough. Bern: Peter Lang, 2000. 93-112.

Machado, Antonio. *Obras. Poesía y prosa*. Buenos Aires: Editorial Losada, 1964.

Martín, Francisco José. «La cuenta pendiente de la ´deshumanización´». *Revista de Occidente*. 324 (Mayo 2008): 140-148.

Martínez Latre, Pilar. *La novela intelectual de Benjamín Jarnés*. Zaragoza: «Institución Fernando el Católico», 1979.

Mulvey, Laura. *Visual and Other Pleasures*. Bloomington: Indiana University Press, 1989.

Pozuelo Yvancos, José María. «Teoría de la narración». *Curso de teoría de la literatura*. Ed. Darío Villanueva. Madrid: Taurus, 1994.

Ortega y Gasset, José. *La desnhumanización del arte. Ideas sobre la novela*. Madrid: Revista de Occidente, 1925.

Pego Puigbó, Armando. «Introducción». *Teoría del Zumbel*. Benjamín Jarnés. Zaragoza: Institución «Fernando el Católico», 2000. 7-50

Pérez Firmat, Gustavo. *Idle Fiction*. Durham: Duke University, 1982.

Perinola, Mario. *La estética del siglo XX*. Madrid: A. Machado Libros, 2001.

Ramos, Carlos. «Benjamín Jarnés (1929): *Locura y muerte de Nadie*». *Ciudades en Mente*. Carlos Ramos. Sevilla: Fundación Genesian, 2002. 121-135.

Soguero García, Francisco M. «Bibliografía sobre Benjamín Jarnés» *El aprendiz de brujo con La dama aventurera*. Ed. Francisco Soguero García. Madrid: Publicaciones de la Residencia de Estudiantes, 2007. 88-102.

LOCURA Y MUERTE DE NADIE

La primera versión de *Locura y muerte de Nadie* apareció en 1929. Hoy, cuidadosamente revisado y no poco aumentado. vuelve a aparecer este librito que en su primera salida recogió –merecidos o no– muchos elogios. Hago constar aquí mi gratitud a quienes tan cariñosamente leyeron entonces estas sencillas páginas.

(Benjamín Jarnés, 1937).

Con el lirismo penetra en el arte una sustancia voluble y tornadiza. La intimidad del hombre varía a lo largo de los siglos; el vértice de su sentimentalidad gravita unas veces hacia Oriente y otras hacia Poniente. Hay tiempos jocundos y tiempos de amargor Todo depende de que el balance que hace el hombre de su propio valer le parezca, en definitiva, favorable o adverso.

La poesía y todo arte versa sobre lo humano y sólo sobre lo humano. El paisaje que se pinta se pinta siempre como un escenario para el hombre. Siendo esto así, no podía menos de seguirse que todas las formas de arte toman su origen de la variación en las interpretaciones del hombre por el hombre. Dime lo que del hombre sientes y decirte he qué arte cultivas.

Por eso la literatura genuina de un tiempo es una confesión general de la intimidad humana entonces.

JOSÉ ORTEGA Y GASSET

Prólogo

A fuerza de tropezarme con Juan Sánchez he llegado a intimar con él, a quererlo. por eso recojo parte de su historia en este libro. Me gusta contarla, porque en ella apenas hay trances ruidosos, conflictos, ya que todo se empequeñece junto al grave, el viejo problema de todo héroe que aparece en este mundo: el de su propia aparición.

Porque, de pronto, cuando las aventuras de la carne se van arrinconando –fatigadas– entre los biombos de la frivolidad, se van extinguiendo sobre los almohadones del hastío, y la misma Salomé no provoca vibración simpática ninguna de no acercarse a los espectadores precedida de un costoso y desnudo «conjunto»... Cuando la castidad y la lujuria, como la suavidad y la cólera –meros productos de una concurrencia de humores– apenas logran ya conmover a las gentes. cuando todo, en el teatro y en la novela, vacila o cae, se levantan de lo más profundo los antiguos signos de interrogación.

La virtud y el vicio, el bien y el mal, fueron perdiendo sus confines, pero cada vez se acusa con más brío el problema gi-

gante. A su lado, todos los demás son insignificantes anecdotarios, rudimentos vitales, que saltan —inofensivos, ingenuos— luciendo sus escamas, sus tornasoles alrededor del buque, mientras el pulpo, el pulpo voraz, incansable, persigue. acusa, avizora, buscando a quien devorar Todo lo demás divierte... cuando divierte. Sólo el gran pulpo estremece, alucina, mata.

Juan Sánchez se pasa la vida tentándose el espíritu de miedo a irlo perdiendo entre las garras de su enorme inquietud. Pero no se aparta de la barandilla. Su vida es una sucesión de escenas junto al verdugo. El espectáculo de la vida es, pues, sombrío, abrumador.

Si yo lo acertase a describir, si yo llegase a inyectar en los nervios de las gentes sólo una porción de ese pánico, todo en torno mío quedaría crispado, convulso.

Yo he sentido miedo, me he sentido desfallecido, aniquilado. Pero he preferido siempre no asustar a los demás. Tampoco hoy quisiera asustar a mis buenos amigos. ¿Haré que el gran pulpo desaparezca entre las ágiles escamas, entre los vivaces tornasoles? ¿No correrá el albur de que —como otras veces— el aturdido transeúnte sólo vea sobre la superficie del agua esos racimos revoltosos de cohetes?

Prefiero seguir encendiéndolos o rasgar el vientre del agua y dejar que asome el gran pulpo. Al fin, es muy penoso, es muy duro, invitar al transeúnte a que medite unas horas con su propia calavera entre las manos.

Porque sólo conociéndose, conocería a los otros. Medimos la angostura del corazón ajeno, por el poco espacio que a nosotros se nos reserva en él. Medimos su grandeza por la amplitud de la zona que en él creemos ocupar.

¡Gran equivocación! Pero también un gran comienzo de

sabiduría del hombre. El conocimiento del prójimo ¿no es una prolongación del conocimiento de nosotros mismos?

Pero sucede que conocerse bien conduce al desprecio de sí mismo, a no quererse. Y en consecuencia, a no querer a los demás. Lo decía Nietzsche a un amigo: «No quiero conocerte más a fondo para así poder seguir queriéndote».

Juan Sánchez al ver dentro de sí mismo y ver su propia nada, ha comenzado a despreciarse. ¿Qué pueden importarle ya amor; riqueza, sabiduría, gloria, si él mismo es un poco de nada oscura entre esas refulgentes nadas?

Únicamente las buscó alguna vez como espejos donde poder contemplarse, donde poder cerciorarse de su propia existencia. Pero se veía tan borroso que acabó por romper los espejos. Así empezó su locura. Los espejos rotos siguieron devolviéndole el rostro, pero ya en plena caricatura...

Sólo volviendo a la nada pudo hallar un reposo definitivo,

BENJAMÍN JARNÉS

I. El alza del trigo

En la plazoleta, alguna mano invisible va eligiendo transeúntes de cartera repleta que, empujados hacia el interior del Banco, se palpan inquietos el corazón hasta cerciorarse de la feliz presencia del escudo protector. Es el momento en que el estratega callejero profesional realiza la misma selección, mucho más escrupulosa, de broqueles. Porque nunca faltará ese atolondrado que, previa una leve operación nada dolorosa, ha de quedar con el pecho a la intemperie. Pero Arturo, sin broquel alguno, con una estilográfica por toda defensa de su pecho, desdeña toda asechanza.

También él es desdeñado por la mano invisible, que no elige a los inermes, y sin previa invitación se sumerge en los umbrales del templo de la fortuna, siguiendo las huellas de un voluminoso elegido.

Los cangilones de la puerta se van rítmicamente vaciando en el vestíbulo. Un campesino, absorto al ver que entre la calle y el zaguán gira una estrella en vez de un plano, se agarra tan fuertemente a una de las puntas, que, en lugar de un semicírculo, describe dos circunvoluciones.

En el reloj, las doce. En el termómetro, los cien grados.

Está henchida la enorme caldera de mármol y cristal. Estallan las burbujas disparando cifras.

—¡El 330!

—¡El 331!

—¡El 332!

Hiende la rotonda un redondo volumen galoneado de plata –el gran cero inquieto, andarín y observador perenne– que remueve la caldera y acentúa la presión.

Hoy, en el Banco Agrícola de Augusta, todas las cuentas corrientes, cansadas de dormitar, a la sombra de los panzudos libros, están ensayando un cambio de posturas. Se escucha el sordo roce de largas serpientes de sumandos que reptan por los atriles. Por una ventanilla le sonríen a Arturo las cuatro filas de dientes de una «Remington»[1].

Quince troneras, quince ventosas se precipitan a sorber los ahorros del campesino, las carteras voluminosas de los clientes. Las ventanillas son otros tantos confesonarios en donde absuelven gravemente del terrible pecado del miedo. Se ve salir a los penitentes en estado de gracia mercantil, con un crédito más a los ojos inapelables del Consejo de Administración.

Las ventanillas son también diminutos escenarios por donde asoma la cabeza un hábil prestidigitador. Monedas, billetes, papelitos rojos, papelitos azules, van, vienen, se desparraman, se enlazan, desaparecen, se apiñan. El gran juego del tanto por ciento esparce sobre el tapete la baraja entera.

—¡El 334!

---

1   Dentro del elogio a la máquina del arte vanguardista, entre otras máquinas, la de escribir, metaforizada, entra en la literatura. Recordemos el poema de Pedro Salinas, «Underwood Girls», refiriéndose a sus teclas, recogido en *Fábula y Signo* (1931). No obstante, esta novela de Jarnés es ya una fuerte impugnación del maquinismo y de la técnica.

—¡El 335!

—¡El 336!

Una danza epiléptica de cifras en torno a los dioses de este infierno; melocotón, uva, maíz, centeno, remolacha, aceituna. Sagrados nombres de dioses, invocados en el torbellino, subrayados por los monótonos cuchicheos de las «Underwood», de las «Smith». De pronto, surge el Zeus Tonante de la mitología bancaria: el Trigo.

—A 57.

—No hay ofertas.

—¡El alza!

—Mañana, a 58.

—O a 58,50.

—Se está comprando muy de prisa.

Arturo asiste a la solemne ascensión del dios. Se remonta altanero, majestuoso, sobre la conmovida multitud. Una gavilla se yergue –como en las eras de Canaán– y recibe el homenaje de once gavillas subordinadas. Hacen corro otras más humildes de cebada, de alfalfa. Arturo ve ascender el dios agrícola, mecerse en el aire, esconderse en las nubes.

Queda flotando en el aire una espiga. Una espiga enorme de trigo candeal, crujiente grumo de oro que amenaza desgranarse sobre la frente de Arturo, medio dormido. Enjambre vivo que defiende una guardia de finas lanzas amarillas, ceñidas en hostiles escalones. Cada grano destaca en centinela, en orden perfecto de batalla.

Arturo ve iniciarse en la espiga un tránsito del símbolo a la geometría. Ve fracasar en ella toda muelle sensualidad. Fruto para goce de los ojos, huraño al tacto, casi mineral, enjuto, soberbio de sus delgadas cápsulas, donde se esconde el alimento de los hombres y la sustancia de los dioses.

—¡El 338!

—¡El 339!

—¡El 340!

Confín de los sentidos. Detrás del racimo dorado se extiende la región de lo esquemático, la región innumerable de las místicas metáforas, hoy la lenta caravana de los números. Por él ondulan las largas columnas de cifras en las falsillas de los libros mayores.

Trigo soberano, cuentas amarillas de un precioso collar, apiñadas en lo sumo de una caña delgada, donde pueden tañerse bellos himnos rurales. Caña sonora que opone un tañido jocundo a la oquedad de las altas cañas pensantes que se miran vanidosamente en el río fiel.

Hiende el aire la espiga como un hosco insecto aprisionado en los mismos umbrales de las formas puras. Rubio dios de los campos, convertido en mero nombre por estas gentes codiciosas que, sin saberlo, sin poderlo ver en toda su grandeza, lo acogen, lo desechan, lo almacenan, lo arrojan, según la veleidad de un tablero de precios.

—¡El 342!

—¡El 343!

—¡El 344!

Se dispersa el cortejo de lanzas. La espiga da un estallido y se derraman los granos de oro. Para el 344, una espléndida Dánae[2], que, con un cheque en la mano, va a co-

---

2   Como destaca casi toda la crítica, Jarnés se vale de la Mitología para potenciar y trascender la realidad dada. Ya María Pilar Martínez Latre analizó como la mujer en su novelística aparece frecuentemente denominada con bellos y evocadores nombres de la mitología clásica. Ésta Dánae, quien recibiera sobre su voluptuoso cuerpo desnudo la lluvia de oro en que se transformara Júpiter, aparece en la «Nota Preliminar» de *El convidado de papel* (1928), precisamente titulada, Dánae, personificada en la maestra Eulalia. Poco después, también la joven Paulita, en *Paula y Paulita*, bajo la lluvia caliente de las aguas termales se transforma, fugazmente, en Dánae. Véase, *La novela intelectual de Benjamín Jarnés* (212-219

brarse alguna transitoria cesión de su belleza. La lluvia de oro desciende sobre el número 344, corre a lo largo de sus opulentos flancos...

Dánae abate, al fin, la cabeza. La sumerge en el otro mundo, en el mundo de los números y las máquinas. Va a ser guillotinada. La preciosa cabeza de ámbar se estremece, se desmelena, las manos de Dánae se crispan, arañan un bolso de piel, extraen un poco de encaje... ¡La cuchilla va a caer! Arturo sofoca un grito.

Y se incorpora bruscamente. Ha creído ver unas manchas rojas entre el amarillo ¿de las espigas, de los bucles? Las manchas rojas se desvanecen. Arturo se frota los ojos. La cuchilla no cae. La boca, pintada; las mejillas, pintadas desaforadamente... Dánae cierra con un chillido metálico su bolso y se va.

La guillotina, ¿no funciona? Forcejean desde dentro, tiemblan un poco las cabezas en la platina. Al fin, nada: un cambio de papelitos rojos, de papelitos morados.

—¡El 345!

—¡El 346!

—¡El 347!

Un codazo del hombre de la izquierda hace salir a Arturo de su semivigilia. En su papelito rojo está marcado el número 352. El 345 deja libre un asiento que Arturo se apresura a ocupar. Incrustado entre un caballero gris y una lozana campesina que recuerda a Gabriel y Galán[3], se dispone a pasar de masa oscilante al menor vaivén, donde se reflejan todas las presiones, a cuerno en perfecto equilibrio, inamovible.

---

3   *Gabriel y Galán*: José María (1870-1905). Poeta regionalista, realista-naturalista, muy famoso en su época, pero denostado por modernistas y vanguardistas. Aquí, no sólo la «lozana campesina», sino también el «hombre gris» parece evocar el recuerdo del poeta, el cual vuelve a ser mencionado en *Teoría del zumbel*, p. 81 en la edición de Armando Pego Puigbó. Fue muy popular su poema «El Cristu benditu» (1899).

El caballero gris se impacienta, le roza un pie, se disculpa:

—Perdone.

Surge el diálogo de protesta contra la lentitud de Banco. El mismo diálogo, entablado allí todos los días entre los números ordinales.

El desconocido remira su papelito rojo, como el desconocido de ayer. El 351 es el antecesor de Arturo Así Arturo puede declinar –como siempre– su temor de perder turno: basta seguir los pasos del hombre desconocido. Le liga a él una relación aritmética a que debe obedecer ciegamente, y esta servidumbre –como todas– le extirpa un ojo sobrante, le borra un campo inútil de atención.

Ya puede invertir su tiempo en contemplar el vaivén de los números que se apiñan en la rotonda. Pocos lugares como un Banco para realizar estudios sobre la vulgaridad. Es aquí muy remoto el peligro de tropezarse con un genio. Y una escrupulosa vigilancia elimina de los clientes lo que pudiera ser considerado como turba. La criba sólo deja pasar seres intermedios, normales, caras y cuerpos de desesperante equilibrio. Un mismo maniquí ha servido para treinta gabanes: igual módulo para cien fisonomías; idéntico manual para todos los saludos.

En vano las implacables ventosas pretenden acentuar el perfil de algún rostro. La misma emoción ante las subidas de Bolsa. La alegría ante un alza de precios es de tipo común. Un mismo coletazo de la larga serpiente de cifras produce en cien bocas el mismo gesto de acritud.

En vano la luz de las altas vidrieras pretende subrayar en las facciones algún gesto inusitado. Sólo consigue éxitos efímeros, banales. Sobre tal mejilla color de langostino, se desliza un rayo verde que, por un momento, trueca en biliosa la faz placentera de un comisionista. Un rostro enflaquecido, color garbanzo, se empapa en un chorro granate, trocándose de esquizoide en sensual.

La luz de los cristales se divierte infantilmente en ir cambiando uno por uno los temperamentos de los clientes.

—¡El 348!

—¡El 349!

—¡El 350!

Va bajando el termómetro. Estallan en la tina las últimas burbujas. Se apaga, al fin, el hervor. El hombre de galones de plata ya no se perfila para atravesar de canto la sala; camina de frente, sin miedo a chocar con alguna huraña cuenta corriente.

En alguno de los diminutos proscenios se producen ya entreactos: el telón no desciende, pero el héroe suspende sus escamoteos de billetes, deja ver, perfectamente enmarcada, una angulosa faz inmóvil, que lentamente se va convirtiendo en el retrato de sí mismo.

Los cuatro policías de la sala, obligados antes a multiplicar por cuatro su atención sobre la homogénea muchedumbre, pueden ya deshacer la operación y seguir su faena con la visión normal.

Las haces policromadas que llovían de las altas vidrieras no encuentran ya a su paso frentes y mejillas resignadas a tan frívolo bautismo de verbena; se deslizan por bustos, por caderas, por grupas descuidadas; se enroscan en tobillos, resbalan por zapatos, se pierden definitivamente en las baldosas.

Pero, en su tránsito, fueron dibujando ingeniosos bocetos. Los perfiles de los dientes pueden afirmar su escasa originalidad plástica, en plena holgura. La atención tiene zonas más confinadas y, al apretarse, comienzan a surgir escorzos, algunos originales. Tal abrazo desnudo, oprimido antes por el torso de un enorme almacenista de alfalfa, recobra su gracioso ademán. Unos senos se yerguen, sin temor a ser punzados por el codo de un tendero enjuto. Todo recobra el sobrante de espacio necesario para crearse una atmósfera personal.

—¡El 351!

El caballero gris se levanta y llega a la ventanilla, donde unos ojos implacables le recorren de arriba abajo. Arturo le sigue. El desconocido alarga su papelito rojo y una mugrienta cédula personal. Manotea nerviosamente, replica al empleado, protesta, infla la voz. El empleado exige el cumplimiento de un rito. Quiere firmas, créditos, certidumbres, evidencias...

Pretende que el desconocido deje de serlo, que un número cualquiera logre rápidamente, en la batería del diminuto proscenio, un carácter definitivo de personalidad. Pretende que aquel hombre destacado de la multitud, que viste análogo terno y canta el mismo cuplé de todos los demás, adquiera de pronto facciones de héroe.

La contienda termina dramáticamente. El caballero se abre el pecho y lo muestra desnudo al empleado.

Gesto patricio de los héroes que imploraban en el ruedo, ante los césares, piedad para un vencido. A cuenta de una individualidad reconocida, pedían el olvido para un ente borroso...

Sorpresa, una explosión de risa en el interior de los confesonarios. Una mano alarga el puñado de billetes. El caballero gris se abrocha precipitadamente y sale del Banco. En vano Arturo intenta correr tras el desconocido. Llaman, insistentemente:

—¡El 352!

Arturo debe acudir a la ventanilla donde recibe una miserable cantidad, que esconde avergonzado en cualquier parte. Y sale, corriendo aturdidamente, a perseguir al hombre del pecho desnudo... Que, al fin, es atrapado en una esquina. Arturo se dirige a él, preguntándole:

—¿Cobró usted, por fin?

—Cobré... Muchas gracias, joven.

—Son insoportables. Cada día exigen más firmas, más requisitos.

—Menos mal que yo llevo aquí siempre la mía... Es un documento infalible. Cuando no reconocen mi firma vulgar, tienen que reconocer la extraordinaria.

—Dígame.

—Me abro el pecho y allí tienen mi documentación en regla, grabada en la piel.

—¿Un tatuaje?

—Sí, voy siempre firmado y rubricado. Soy el notario de mí mismo. A mí me identifican en seguida. Venga conmigo.

En un zaguán, el desconocido se desabrocha e invita a Arturo a contemplar una presumida rúbrica en forma de intestino que sirve de pedestal a un nombre: Juan Sánchez y Sánchez.

—¡Qué capricho!

—¡Qué sarcasmo!, querrá usted decir. Porque esto es señal de algo terrible. Esta escena del Banco Agrícola se repite diariamente en mi vida. Mi tragedia es abrumadora, tiene muy profunda la raíz. Vea usted que no se trata de fortuna o desdicha, de obrar bien o mal, de producir o de evitar algo nefasto. Se trata de algo anterior a mi voluntad, anterior al Destino. Se trata de «ser». Fíjese bien: ¡ni siquiera de existir! ¡De ser! Porque a fuerza de pensar mucho en mí mismo, he deducido que, aún suponiendo que exista, «no soy».

II. Firmado y rubricado

En una terraza del bar, ante un cóctel de ginebra, se plantea Juan Sánchez el viejo problema filosófico de la esencia y la existencia. En esta hora –la más banal del día–, hora de hacer el resumen de la mañana y de fraguar los proyectos de goce que la tarde irá desbaratando, Juan Sánchez insiste en convencer al mundo entero de que él, Juan Sánchez y Sánchez, «no es».

Arturo lo escucha atónito. En medio de un tropel de seres inclasificables, de ambos sexos, que luchan desde sus banquetas por reproducir exactamente el contorno exterior de una estrella de moda, Juan Sánchez, el hombre firmado, de rúbrica en forma de intestino, se revela como un fanático perseguidor de su propia esencia.

Es un místico amante de la personalidad. Tiembla ante la idea de gozar de una forma substancial colectiva, de un subconsciente sólo colectivo, de un alma común. Pretendió crearse un rostro, acentuarse, al menos, un defecto, estilizarse alguna aberración que pudiera izar como bandera de un carácter: Nada logró.

—He intentado –dice– lo absurdo. llegue a provocar en mí alguna enfermedad crónica que modificase, que torciese mi temperamento, que me lo cambiase de raíz, a ser posible, para intentar buscarme, con el nuevo, otra fisonomía... Hice experiencias inútiles.

—Eso es peligroso. Se expone usted a quebrarse el aparato.

—Es desesperante no tener nada mío. De niño me tomaban siempre por mi hermano. Y, ahora, el arcediano de Sos[4] tiene mi misma cara. Y un médico. Anteayer me preguntaron reservadamente, en un zaguán, por el estado de un cáncer... ¡Si yo pudiese, al menos, no ser nada, pasar inadvertido! Pero hay algo peor que todo eso: ser otro cualquiera, uno que casi nunca me gustaría ser.

No es fácil estrenar todos los días un amigo, y menos un «universal», un hombre-tipo, como Juan Sánchez, que oculta problemas tan arduos bajo su firma y rúbrica grabadas en la piel. Por eso Arturo, además del cóctel, saborea golosamente este placer de convertirse en minero del espíritu, de socavar, estrato por estrato, las entrañas de un nuevo continente.

Es delicioso estrenar los amigos como quien estrena un gabán y reponer a tiempo los usados. antes de lamentar su decadencia. No importa que la originalidad de muchos se agote al primer día: al menos en éste, todo espíritu nuevo es capaz de ofrecer cierto curioso lote de gracias imprevistas.

Arturo está sentado frente a la viva corriente humana, en la terraza del bar; Juan Sánchez, de espaldas a la calle, frente a Arturo, es decir, frente a un espejo donde pretende verse en todo su crespo interior.

---

4   *Sos*: pueblo de la provincia de Zaragoza, en él nació el Rey Don Fernando el Católico.

Representan dos mundos opuestos. Para Juan Sánchez, Arturo es una placa sensitiva donde va a ser escrupulosamente recogido el gráfico de una inquietud. Pero en los ojos de Arturo, voluntariamente dispersos, se quiebran todos los perfiles de la calle.

Su cara es como un lago que se quisiera contemplar en azul reposo, y de pronto comienza a tiritar bajo la loca lluvia de guijarros de un tropel infantil.

El día, en plena granazón, abre sus pomposos abanicos de emociones sazonadas, normales: pavo real de académico civismo, sin audacia cromática alguna.

Es la hora de acudir al hogar, donde miles de hembras, también maduras, aguardan la dulce confidencia de un alza de Bolsa o de un ascenso. Todos los caminos que ahora se recorren en la ciudad son claros y abiertos: el día está en su punto cimero de doméstica legalidad.

Ni la religión —como en las primeras horas de la mañana— desvía los pasos del torturado incrédulo hacia algún templo de los suburbios, ni el amor —como en las horas últimas— desvía los del impetuoso joven hacia la equívoca intimidad de una mujer.

Todo en la calle palpita ordenadamente bajo el signo del trabajo, auténtico o apócrifo. La disciplina social escalona rigurosamente sus ejércitos, instalándolos según normas tradicionales; los directores y consejeros se arrellanan en opulentos coches; los jefes de contabilidad, en averiados taxis; los sencillos empleados se apretujan en un tranvía; los ordenanzas van a pie.

Apenas se advierten a esta hora las conquistas sociales. No se toleraría, como al anochecer, que alguna mecanógrafa inquieta y un cajero inmoral rompiesen ahora tan severa ordenación jerárquica penetrando en un Hispano[5] a morder el «fruto prohibido».

Nubes de obreros y burócratas cruzan en todos sentidos la calle. Han cesado de castañetear las ametralladoras de cifras de todas las marcas; todas las ventanillas acaban de guillotinar, uno tras otro, los momentos finales de la jornada.

El Banco Agrícola vierte sus empleados en la acera. los desparrama a lo largo de los primeros soportales. Un obeso banquero atraviesa lentamente la calle, deteniéndose cada tres pasos entre las blasfemias contenidas de dos infelices subalternos condenados a marcar idéntico compás de marcha, tan salpicado de insoportables calderones[6].

Se producen nudos, interferencias, cruces, a veces, dolorosos. Algún pie se alza indignado y aplastado por otro más aturdido, que desconoce el arte de andar. Se ve que el empleado municipal que yergue virilmente su batuta intenta armonizar las masas ambulantes; pero estos elementos que han de ejecutar la hirviente sinfonía revelan un total desconocimiento de la partitura.

Sobreviene un flujo y reflujo de espesas resonancias, que sólo podrían desaparecer si se inculcase a las gentes de a pie cierta virtud que les falta de acomodación a un ritmo.

—Hubo una época –martillea Juan Sánchez – en que llegué a olvidar mi nombre. Me complacía no ser más que

---

5   *Hispano*: Hispano-Suiza, marca de automóviles de gran lujo y prestigio desde 1904 hasta su quiebra en el año 1936. Fabricados inicialmente en Barcelona, luego también en Suiza y Francia. El rey Alfonso XIII poseía muchos e incluso acciones de la firma, promocionando la marca entre personajes como los reyes de Suecia, de Rumania, de Egipto, de Afganistán, el príncipe de Mónaco, el príncipe consorte de Gran Bretaña o el Sha de Persia, además de las élites industrial y financiera de Europa.

6   *Calderón*: Signo musical que representa la suspensión del movimiento del compás. Esta descripción del movimiento del tráfico de la ciudad moderna como «sinfonía» es propia del cine de aquél entonces.

«el joven que cruza la acera de seis a siete»; o, también: «el que compra "La Crónica" en el quiosco de enfrente»... En una casa me conocían –yo soy comisionista– por «Hermanos Vallés. Cementos»; en otra, por «La Bola de Oro»; en otra, por «Martorell y Compañía».

Persiste entre las multitudes el tipo de guerrillero de la circulación que, con grave peligro de sus huesos, se lanza heroicamente a ganar batallas de velocidad. Y la masa se complace en destacar esa suerte de individuos exteriormente indóciles. Exteriormente –piensa Arturo–, porque la docilidad en el hombre apunta en razón inversa de su excelencia personal. Por eso el sabio obedece como un niño a los signos del agente, mientras se obstina en rebelarse contra un principio de Euclides [7]. A un sabio podrá vestirlo cualquier sastre, pero sólo le provee de ideas un genio...

—Yo sabia –no cesa el zumbido de Juan Sánchez– que en todos los escalafones subían y bajaban algunas docenas de Juan Sánchez, y desprecié rotundamente mi firma. ¡Caro me costó! Porque esto me condujo a la evidencia de que en mí no se escondía un determinado individuo, sino un maniquí capaz de soportar una personalidad cualquiera, con preferencia una razón social.

—En cambio, un pobre diablo acata las ideas del más humilde teorizante de café, mientras opone su libre, la que él cree libre personalidad, a la blanca mano de un guardia. El orden exterior de la calle –y del mundo– no suelen conservarlo íntegramente sino el sabio y el discreto, sumisos al polizonte, aunque discutan a Platón.

—Si mi nombre lo usaban algunas docenas de empleados en cada escalafón, mi cara, mis gestos, mi andar, toda

---

7   No es causal la referencia a Euclides (315-225 a. de J.C), «El geómetra», en esta novela donde predominan descripciones con elementos de geometría.

mi anatomía rodaba al mismo tiempo por los vagos recuerdos de cada transeúnte...

Es preciso destruir esa leyenda del sabio distraído que se deja mutilar por un vehículo. Por un Curie habrá miles de necios aplastados. Los atolondrados son los otros. El distraído es un sujeto que ideológicamente —y en el sector sentimental— pertenece a la masa, es masa todo él, desde los conceptos políticos y taurinos hasta el dibujo de sus corbatas.

Al sabio nada le preocupa, ni siquiera lo advierte, esa porción de materia común que envuelve su rica lumbre personal; el hombre vulgar sí la advierte, porque en él es todo masa, y sólo al amarla se ama a sí mismo. Por eso la defiende contra cualquier cinceladura ajena. Cree que en esa porción común radica todo él, y la pasea altivamente como se pasea un gabán hecho en serie. Capaz es de entregar a todas horas su inteligencia al tópico, pero se resiste a someter sus pasos a la pauta municipal.

La gran muchedumbre se nutre de pequeñas rebeldías, mientras al sabio y al discreto sólo les estimulan las grandes.

—Muchas veces me hurté a desconocidos que se acercaban a hablarme, tomándome por amigo. Fui saludado por centenares de ciudadanos miopes, a quienes nunca había visto. Padezco todos los peligros del hombre-tipo, sin las felices características del arquetipo. Mi característica es no tener acento, ese acento que añade a la estatura un codo, por quien las letras alzan la frente y se hacen reinas del vocablo.

Ahora, tres Renault, dos carretillas de mano, una mo-

tocicleta, y diecisiete Fords, se detienen a contemplar el
desfile de una institutriz, que arrastra a dos niños, y el de
un botones. Hace dos siglos a este botones y a esa institutriz les hubieran propinado muchos puntapiés los lacayos
de alguna favorita de turno. Conquista de los tiempos, a la
que no corresponde la masa con un asiduo aprendizaje del
arte de moverse en la vía pública sin producir nudos y elipsis...

—Admito –sigue pensando Arturo– que este público
dinamismo atente contra la personalidad, que llegue acaso a destruirla, pero, en cambio, robustece la expresión colectiva. Puesto que hoy sea inexorable admitir el dominio
de la masa, ¿por qué no trabajar por hacerla más bella?

—Por eso inventé ese medio pintoresco de identifica-
ción. Soy el hombre que no tiene señas personales. Ya que
no puedo ofrecer un rostro, ofrecerá a menos una firma.
De mi cara se tiraron millones de ejemplares, en ediciones
económicas. Y de mis ideas. Y de mis ademanes. Yo no soy
un individuo. Soy un universal ambulante. Es decir: ¡¡Nadie!!

Esta palabra, flanqueada por cuatro signos de admiración, la pronuncia Juan Sánchez en el tono más alto de
la dramática. Hiende los espacios como el cuchillo de Guzmán el Bueno[8], pero no logra elevarse en ningún pecho
enemigo; después de buscarlo inútilmente, vuelve a hundirse en el corazón del mismo Juan Sánchez, que suspira
profundamente, resumiendo así su propio dolor incom-
partido.

---

8 *Guzmán el Bueno*: Alonso Pérez de Guzmán (1256–1309). Hijo ilegítimo
   de Pedro de Guzmán, fué capitán al servicio de Alfonso X, del rey de Ma-
   rruecos y de Sancho IV. Designado alcalde de Tarifa para defenderla del
   ataque de los bereberes. En 1294, tomado su hijo como rehén, los sitiadores lo conminan a entregar la plaza. Por respuesta Guzmán les arrojó desde la muralla su cuchillo para que mataran a su hijo. Impresionados los
   sitiadores levantaron el cerco, de ahí el sobrenombre de «el Bueno». Falleció luchando contra los musulmanes en la sierra de Gaucín.

Arturo ¿cómo podría darse cuenta de aquel patético estallido? Precisamente ahora...

Es que, de pronto, para Arturo, todo el paisaje ciudadano enfila sus rítmicos movimientos en un solo sentido, en el de una mujer que avanza cortando gentilmente cada grupo en dos porciones. Como esa granalla de hierro disciplinadamente repartida en torno a la barra magnética, más cerca o más lejos de ella, según índice de docilidad y ligereza, así la burocrática muchedumbre se va situando, al paso de esta mujer, según una escala de sordas vehemencias harto tiempo adormecidas entre facturas y legajos, despiertas ahora, al aire libre, frente al ondulante panorama.

Y el surco abierto tras ella lo van llenando algunos manoseados, cursis, desfallecidos piropos, como de gentes en ayunas, arriada la fantasía, cegados los grifos de la jovialidad. Y, entonces, cree Arturo llegado el momento de considerar la angustia de Juan Sánchez, de ofrecerle un calmante filosófico...

—Creo en la felicidad del anónimo —contesta, por fin. Arturo—. La tortura de la personalidad, ¿por qué sentirla tan obstinadamente? Quizá el individuo, en absoluto personal, no existe. Si persistimos en mantenerlo en un punto de nuestra vida, nos petrificamos. Si lo dejamos transformarse demasiado, nos tropezamos siempre con una legión de nosotros mismos que entorpece nuestro momento actual, que constituye un peligro para nuestra libertad de hoy.

—Consuela oírle. ¿Usted escribe?

—De ningún modo.

—Lo hubiera jurado.

—Soy profesor de filosofía, pero vi que es más divertido –y más productivo, ¿sabe?– inspeccionar siniestros.

—¿Cómo?

—Formo parte de una Sociedad de Seguros contra incendios. Actúo siempre en regiones devastadas. Después del último bombero.

—¡Qué raro!

—Conozco a los hombres al borde de una catástrofe. Me interesan más sus violentas reacciones que sus actos normales. Aunque siempre son muy divertidos. Los hombres suelen ir almacenando pasado. Cuando les pesa mucho, quisieran abandonarlo, pero temen hacerlo porque lo creen ya materia propia; como sienten abandonar un diente maltrecho. Y aún comprendo que se tenga más cariño a un dedo propio que a toda la Humanidad; lo que no comprendo es por qué se fija ese cariño en un montón de despojos acumulados.

—Toda la vida del hombre es un esfuerzo desesperado por afirmar su existencia, por dejar surco de ella.

—Éste es el pobre recurso de los artistas.

—¡Bah! Los artistas son unos infelices locos que gastan aturdidamente su vida real en fabricarse una posible. El artista es una deliciosa aberración de la Humanidad. Cree, sencillamente, en otra vida y suele sacrificarle ésta como un iluminado anacoreta. Teme petrificarse, y no recuerda que su ultimo pago –también posible– ha de ser una estatua de piedra, construida por algún camarada que, al crearla, afirmará que aquello es su obra más personal. Y el primer artista sólo habrá logrado servir de escalón para que suba el segundo más de prisa. Me he extraviado.

—Siga, siga.

—Creo que puede usted salvarse a fuerza de anécdotas. La acción reconstruye, zarandea, remueve, modifica. Ensaye a obrar activamente; le surgirán actos originales. Y con el acento, la expresión. Y con la expresión, la fisonomía. Métase en danza. Déjese ya del ser y del no ser. Eso está muy anticuado. Obre.

—He ensayado sin éxito. ¿Usted cree...?

—Firmemente.

—Me anima usted mucho. Venga por mi casa. Ahí tiene mis señas. Lo espero a cenar esta noche.

—Iré.

Se compromete a ir, sin meditar un solo instante en las horas de color de ceniza que le aguardan frente a un hombre en lucha con la nada. Si, a pleno sol, en medio de las gentes, este amigo ennegrece todo cuanto toca, ¿qué será en las horas de la noche, en la intimidad de un gabinete, en soledad con él, probablemente entre libros y cuadros metafísicos, presididos por Séneca o Schopenhauer, por algún cuadro de Ribera, de Valdés Leal?

Pero Arturo arrincona pronto esta visión del futuro y, desde la sombría maraña de problemas que suscita el hombre firmado y rubricado, sigue la trayectoria en zigzag que recorre la tempestad callejera provocada por el tránsito de Rebeca. Aquella mujer es ahora un termómetro donde poder medir los grados de febril irradiación, la pureza de contornos, la dinámica gallardía de cada hembra transeúnte, pero también los de procacidad de cada súbdito admirador.

Traza Rebeca[9] en la Plaza una firme diagonal y se internar en los soportales a tiempo que advierte la presencia de Arturo. Y, entonces, todos sus ademanes se embozan en una nube de más refinada coquetería, como si de pronto quisiera oscurecer el rico botín de sus encantos, envolviéndolo, como un delgado papel de seda carmín, de un pudor visible no sólo en las mejillas y en las inquietas manos, sino en toda su juguetona fábrica.

Y, entonces, los soportales adquieren una preciosa calidad de claustro en que la amada transeúnte se va ofreciendo por grados, en progresión decreciente, resurgiendo bajo los arcos sucesivos que añaden a cada aparición un poco más de seductora lejanía.

Aunque el primer impulso de Arturo, al ver surgir a Rebeca, es lanzarse tras ella a recoger en sus manos la brasa de aquéllas, tan expertas en artes de acariciar, no se mueve del asiento; le contiene el riguroso veto según el cual ambos amantes deben confinar su deleite en un rígido programa del que están excluidos todos los azares.

La aventura es desterrada de este amor. Los encuentros fortuitos no deben ser aprovechados, puesto que ya en el plan erótico se apuntan los precios para, sin agotarlo, seguir paladeando el goce. (Arturo jamás quiso averiguar las causas de este veto, por no dar de bruces con alguna doméstica trivialidad, con la pobre anécdota conyugal, con algún romántico impulso incomprensible.) Refrena su vehemencia, progresivamente dulcificada según avanza la serie de sucesivas Rebecas, cada vez más borrosas; y el placer de acercarse a ella, de sumergirse en su estela voluptuosa, es vencido por el de contemplar el cuadro favorito

---

9   Lo mismo que la denominación onomástica mítica, Jarnés usa con frecuencia la bíblica: Rebeca, Ruth, Esther. Igualmente, Pilar Martínez Latre trata de esto en su libro citado (204-207).

desde muchas distancias, y a distintas luces, multiplican-
do y refinando así su goce, consumado catador de vivas
plasticidades.

Ya, al quinto arco, de la total estructura se han perdido deliciosos fragmentos. Al séptimo arco, aún se divisa el
guiño picaresco de los ojos, el garabato rosa de la mano
que traza en el aire una frase de adiós impronunciada.

Por fin, de aquella vibrante sucesión de imágenes sólo
queda el luminoso residuo de un pañuelo perdido poco a
poco en la cromática red, hasta poder ser confundido con
otro cualquiera, como en los andenes. Pero Arturo sigue
paladeando algún tiempo el postrer sorbo, el más sabroso,
de aquella copa emocional bebida en progresión aritmética descendente.

Porque este tránsito de Rebeca a través de las pilastras
que la ocultan y descubren rítmicamente, haciendo más
deliciosa su aparición, hoy dos veces discreta, es una imagen acabada del otro gran tránsito de su belleza palpitan-
te a lo largo de la vida de Arturo, iluminada a trechos por
la blanca desnudez de su amante.

Aquella hora resume toda una juventud, como aquellos soportales juegan el papel de días, de esos días anodi-
nos, opacos, en que Rebeca se oculta en su otra vida oscura, doméstica, acaso conyugal —que Arturo desconoce—.
Días alternados con la sucesión encantadora de los de verla en el refugio de una libre intimidad: de uno de esos
—como el de hoy— en que todas las horas avanzan lentamente persiguiendo a la afortunada, a las siete de la tarde,
para pedirle un relumbre de su jocunda irradiación.

—¡Las siete! ¡Las siete!

Suenan las dos palabras en el oído de Arturo como el jovial tañido de una bocina de Rolls[10] que desde lejos reclama virilmente paso libre al tropel de horas monótonas, pesadas, carretas crujientes, camiones grasientos, que cruzan lentamente la luminosa carretera del día.

Una hora ardiente, brusca, impetuosa, que irrumpe en la tarde, atropellándolo todo con su cínica desenvoltura. Ante la cual vuela hecho pavesas todo aquel pardo armatoste de conceptos preferidos por Juan Sánchez, el hombre firmado y rubricado. A quien esta noche será preciso escuchar gravemente, como quien se escucha a sí mismo.

¡Cómo lamenta ya Arturo haber aceptado aquella invitación! La conciencia es ese ventrílocuo en que todos nos convertimos, en las horas de recapitular nuestro pasado, en la hora de la contrición...

Y, si ya hasta con un ventrílocuo –que no podemos eliminar de ese pozo inaccesible donde se esconde para desde allí mortificarnos con nuestra propia verdad– ¿para qué escuchar a dos?

---

10   *Rolls:* el lujoso automóvil, Rolls-Royce, lanzado en 1906 por la compañía formada por Henry Royce y Charles Steward Rolls.

III. Amor disperso

La escalerita del placer suele ser sórdida, oscura, como suele ser reverberante, magnífica, la escalera del fastidio. La escalerita del placer es un breve tránsito entre la acera y unos brazos ardientes. La escalera del fastidio suele ser el preludio de una frívola comedia que comienza en unas orondas libreas y termina en la falsa sonrisa de un caballero gran cruz.

Arturo sube precipitadamente la escalerita del placer; angosto desfiladero entre los valles multitudinarios y la solitaria cañada donde una mujer le apaga a besos la última frase inútil arrastrada de la calle.

De pronto, todas las palabras recobran su sentido esencial. O son meros balbuceos. Y todos los ademanes. El instinto, en suma vibración, los armoniza, los ordena en el más sencillo pentagrama[11]. El idioma se reduce considerablemente: bastan algunas infantiles interjecciones.

Y algún vocablo preñado de sentido histórico. He aquí uno:

---

11 Lo musical está muy presente en esta novela, interrelacionado con el vocabulario de las otras artes, potenciando «el placer del texto»: «placer», «deleite», «goce» son palabras que se repiten en ella.

¡Incendiaria!

Es el requiebro favorito de Arturo, hallado en cierta excursión profesional, extraído del bloque de textos conminatorios que nutrían su léxico en las horas de faena, como se suele extraer un gramo de radium de entre algunos quintales de mineral.

Al principio se le ofreció en forma de insulto. Pero un insulto se convierte fácilmente en un piropo: basta con una dulce inflexión de voz. Arturo era ya entonces inspector de «El Cisne», Sociedad de Seguros, y se hallaba investigando en el subsuelo ético del propietario de «La Rosa Blanca», almacén de tejidos, las verdaderas causas del sospechoso incendio que había reducido a pavesas el establecimiento.

Arturo realizaba una función intermedia entre el confesor y el buzo. ¡Dura tarea la de extraer de una conciencia tan turbia este grave pecado de inmortalidad mercantil! El incendio se había producido en un sótano donde fueron halladas, aún humeantes, algunas piezas de percal[12] pasado de moda.

Arturo había bajado al sótano a solas con el propietario de «La Rosa Blanca», cierta sinuosa viuda de treinta años, que asistía en silencio a la enojosa exploración. Arturo acumulaba artículos del Código, argucias tomadas del pliego de instrucciones para inspectores de Seguros, invitaba a la viuda a llegar a un acuerdo...

En la escaramuza brotó la palabra definitiva:

—¡Incendiaria!

Al apóstrofe le faltó su punto preciso de veracidad, y quedó en el mismo instante convertido en una apasionada

---

12   *Percal*: tela de algodón de hilado fino y trama apretada.

declaración de servidumbre. Allí perdió «El Cisne» gran parte de su prestigio; todo, por el matiz poco claro de un insulto.

Más tarde, frente al tablero de libros de «a dos pesetas», ensayó Arturo su requiebro profesional en una extraña cliente que, muy temprano, apenas comenzada la lamentable exposición de libros maltrechos, iba acariciando los volúmenes menos castigados por el sol, por el viento, por los chubascos, por la zarpa inexorable del tiempo.

—¡Incendiaria!

Su reiteración a flor de oído provoco en la cliente un atisbo de llama. Arturo acudía a la feria a adquirir unas tablas de logaritmos, difíciles de encontrar entre aquellos volúmenes «pasionales» de la Biblioteca Antorcha, que hojeaba la encantadora desconocida.

Ante los ojos de ambos se extendía el mapa sentimental del orbe entero, porque la Biblioteca Antorcha acoge en sus volúmenes a todos los enamorados del mundo, siempre que no reclamen derechos de producción. El momento era solemne. Sobre ellos tendían sus redes los poetas cordiales, los novelistas del sexo, los filósofos de la rebeldía.

Arturo comenzó también a remover volúmenes, a contemplar escrupulosamente los dibujos, la tipografía de las cubiertas, el año de la edición. Comprendió que su viaje a la feria de libros exigía entonces una explicación de índole emotiva, no algorítmica y, en lugar de las tablas de logaritmos, adquirió un ejemplar de *Tristán e Isolda*.

Entretanto, Rebeca discutía largamente el precio de un tomo de Jorge Sand, y pronto se hallaron los dos, frente a frente, blandiendo sendos libros de frenético amor.

Arturo recorre precipitadamente la historia, frente a este capítulo que cada semana –transcurrido ya el periodo frenético– amenaza ser el último. Una pasión cercana al desmoronamiento, que se asoma al río del tiempo, sin audacia para acabar de sumergirse. Un amor que periódicamente necesita de fuertes dosis de deleite para seguir viviendo.

Y de un gran derroche de cautelas. El balcón entornado da una luz tan rezumada que el color nunca podrá hacer fracasar los perfiles desnudos de Rebeca. Es tan silenciosa la alcoba, que el ruidillo más tenue rozaría los nervios como un alfiler.

—Te vi al mediodía.

—Sí, tomaba un aperitivo.

—¿Solo?

—Acababa de dejarme un ente absurdo. Creo que está loco... Pero me ha divertido un rato.

—A ti te divierten mucho las locuras. Incluso la mía.

—La tuya me encanta, ya lo sabes.

—Pero tú no estás dispuesto a hacer ninguna.

—No se me presenta ocasión... El amor, para mí, no es una locura. Es una fatalidad, un deber, un imperativo del instinto, del corazón, del cerebro, de lo que sea. Pero no una locura. La llama, aun la que destruye pueblos enteros, no es una locura: es un cataclismo. Mucho menos lo será cuando sólo destruye uno o dos individuos, sin hogar...

—¡Cállate ya! Se te presentó ocasión de una locura.., y renunciaste como un cobarde.

—Sí, la de «nuestra» fuga a Buenos Aires. Pero aquello no era sólo una fuga, era además una estupidez.

—¡Si conocieses mi vida!

—Nunca me la contaste. Ni siquiera sé cómo te llamas... ¿Qué buscas?

Ahora Rebeca divaga por la salita en contacto con ese mundo de sensaciones inéditas, que todos podríamos hacer nuestro si nos decidiéramos a llevar los pies descalzos, el cuerpo entero desnudo.

Hay entre la piel y las cosas demasiados aisladores, muchas substancias hostiles que desvían la pura sensación, que mixtifican el deleite de tantas amorosas presiones. Apenas logra besarnos, desnuda, la rica epidermis del mundo.

La sensación se tuerce, se borra. Rodean el cuerpo muros de algodón, de cuero, de seda, de lana; atrincheran el campo táctil fosos de sombra, empalizadas de tupida materia vegetal, residuos animales, minerales. De casi todas las cosas le queda virgen al hombre la epidermis.

Ocurre hundirse en la entraña de un objeto sin haber paseado los ojos y las manos, voluptuosamente, por regiones inexploradas de la piel. Se contenta con ver pasar por ella las efímeras caravanas de color, tan enemigo del dibujo, del firme relieve. Sólo ve en ella lo que apenas existe, dejando lo duradero, su pura extensión, su frágil materia encajada en los compartimientos del aire.

Apenas vislumbra sus deleites, sus amores, cuyo idioma universal posee dialectos encantadores que se llaman porosidad, elasticidad, blandura... tan salpicados de sugestiones eléctricas, magnéticas, luminosas, vibrátiles. Apenas conoce sus odios, cuyo dialecto más plebeyo es la viscosidad, y el más noble el que depura cada frase con un cincel geométrico, con frialdad de aristas que deliciosamente hacen sangrar: la dureza.

Apenas sabe que hay cuerpos blandos y duros, fríos y calientes... Pero esto es como saber que hay hombres buenos y hombres malos, es decir, no saber nada de los hombres.

—¿No vienes?

—Se me ha extraviado un pendiente.

—¡Déjalo!

¿Por qué hablarán los poetas de nieve y de alabastro al describir la desnudez de una mujer? Lo blanco no es nada. O es el refugio de todos los que fracasan ante los demás colores. Detrás de una pretensión de pureza hay siempre una larga fila de impotencias[13].

Lo blanco sólo existe junto al negro, que también es nada. Pero dos valores negativos producen un valor positivo: el claroscuro. Rebeca es ahora un prodigio de claroscuro.

Curvada, junto a una silla, construye el arco del placer. También el profundo misticismo medieval destruye la redondez de los arcos, e inventa el suyo, terminado en punta. Con una rosa de oro por dentro.

En los menudos arcos de esta encantadora fábrica, el rosetoncillo va por fuera.

—¡Aquí está!

Tiembla toda la rama al erguirse. La recorre una onda fría. Corre a esconderse entre los brazos de Arturo[14].

---

13 A tono con esta declaración, Jarnés escribió todo un libro de ensayos titulado, *Elogio de la impureza* que acaba de ser reeditado.

14 Toda esta larga descripción erótica previa al acto, y las otras repetidas en la novela, se corresponde muy bien con aquello que escribe Roland Barthes sobre los libros eróticos en *El placer del texto* (cito, traduciendo, de la edición inglesa): «... representan, no tanto la escena erótica, sino su expectación, preparación y ascensión; eso es lo que les hace ser "excitantes", y cuando la escena ocurre, naturalmente, hay decepción, desinflación. Pues son, en otras palabras, libros de Deseo y no de Placer» (58).

Y, rápidamente, van naufragando las ideas, ausente la última tabla –la distancia entre dos cuerpos ya anulada–. Rebeca ahuyenta la última abstracción, con el último resto de su traje. Por no sentir el rubor de contemplar su hermosura, se lleva las manos a los ojos: deliciosa manera de ser casta. Una cabeza velada, sobre un cuerpo totalmente desnudo.

Pero al fin quedan libres los ojos, cuando ya sólo puede ver los ojos extraviados de Arturo.

El idioma ha perdido definitivamente su estructura. Sólo algunas palabras, vacías de sentido, quedan flotando en la plena inundación.

—¡Alfredo!

Ha llegado para Arturo el feliz momento de perder su personalidad. Placer soberano de ser un hombre u otro, de ver hundirse el individuo en un golfo de vibraciones tumultuosas. Rebeca le borra todo rasgo personal, y se contenta con vagos caracteres específicos, apenas clasificables en sociedad, a los que puede ser aplicado un nombre cualquiera.

Arturo se siente resbalar por la deliciosa pendiente que le empuja a ser un ente colectivo, un número de masa, un Nadie que desmenuza lentamente su gozosa postura de hombre sin ramificaciones sociales, sin tentáculos domésticos, sin opiniones, sin prejuicios, sin pasado y sin futuro, con un fugaz y encantador presente.

Arturo es un sibarita del anónimo. Le deleita el amor vario, generoso. A cada nombre que ahora evocase ardientemente Rebeca, sentiría nacer en si individuos nuevos, posibles vidas originales que se van perdiendo, lamentablemente, por el mezquino y monótono placer de continuar siendo uno y el mismo.

Análoga sensación de dulce desdoblamiento sentía junto a uno de esos filósofos en tan alta cumbre instalados que sólo perciben de los demás mortales algo así como una bruma espiritual, producida por los diversos meteoros de una misma capa atmosférica, sujeta a parecidas oscilaciones, por la estación, por el clima, por las corrientes emocionales de una edad, a veces de una fecha.

Si Rebeca, en aquel instante cimero de la economía animal, sólo veía en Arturo cierta nebulosa materia cósmica universal, el filósofo sólo advierte un hálito de espiritualidad común a una masa de individuos de parecida fisonomía, de algunos caracteres semejantes.

De modo que el Arturo verdadero quedaba, en uno y otro caso, intacto: el Arturo individual y único, quedaba sin aprisionar en los moldes de la sensación y el concepto.

Si en esta trepidante coyuntura en que se dejaba definir por Rebeca, se sentía trocado apenas en la materialización genérica de un «mozo vehemente», capaz de soportar todos los nombres del santoral, en el caso del filósofo quedaba convertido en el «joven contemporáneo», en una pura abstracción innominada, lejana, como la otra, de definir el total y verdadero Arturo.

Al fin, él recobraba su nombre, y ella –ante el espejo– recobraba también su rostro perdido en la refriega. Arturo piensa en maniobras trascendentales, en ágiles tránsitos del individuo a la especie, o de la masa al número, por escamoteos de conciencia, por anulaciones nirvánicas, por resurrecciones y reencarnaciones a placer, por incubaciones artificiales en medios distintos, por adaptaciones audaces a climas inéditos.

Arturo, vacío de su propia sensualidad, en el clarividente estado del hombre que se ha dejado arrebatar su parte de elementos cósmicos, libre y ágil, en este estadio de deleite mental —el supremo— que sigue a toda amputación de un sobrante de materia, sueña con una maravillosa multiplicación del espíritu, con un espíritu excelso, libre, de infinitas acomodaciones a todos los estados, capaz de gozar de las delicias de todo el orbe.

Porque hace tiempo que a Arturo no le divierte ya contemplar su propio paisaje anímico, tan idéntico a sí mismo; querría tener a mano, como una lente nueva, unos ojos bien limpios, de recambio.

Y sólo puede lograr, efímeramente, gracias a la encantadora capacidad del olvido de su amante, cambiar alguna vez de nombre.

El idioma recobra su normal fisonomía. Aunque sólo se emplea para fines utilitarios.

Por ejemplo: para recordar a Arturo la pérdida del cinturón. Hace un mes, al salir de casa, Rebeca echó de menos el cinturón de su traje de calle. Indudablemente había quedado en la salita, y así lo había hecho presente a Arturo, quien se había limitado a responder:

—Sí, habrá que buscarlo...

Pero la risa no le había dejado proseguir la frase.

Seguramente, en aquel suceso, sólo había visto su interpretación simbólica, tan nutrida del risueño humor. Pero Rebeca no encontraba tela para completar el traje y —esta tarde— volvió a decir:

—Hay que preguntar por el cinturón. Llama a esa mujer.

A los pocos minutos, ya en la puerta de la salita, la doméstica presentaba a Rebeca unos cinco o seis cinturones perdidos...

No figuraba en la colección el que buscaban. A Rebeca le indignó verlos. Arturo continuó su risa de hacía un mes. Que se acentúo al escuchar a la portadora de todos aquellos símbolos.

—Y mire, todos son de hace poco tiempo... Y casi nadie vuelve a recogerlos.

Arturo hubiera querido acumular nuevos datos acerca de tan pintorescas pérdidas, pero Rebeca, no poco azorada, le dice precipitadamente:

—Hoy, llevo mucha prisa, Arturo; tengo invitados esta noche.

—Bien.

Y desaparece en la sombría escalera. Desde el balcón, corridos los visillos, Arturo le ve tomar un coche.

No oye la dirección.

—Lanuza, 87.

El día se ha consumido. Cesa el último chisporroteo con el postrer bocinazo del coche. Quedan unas cenizas que Arturo contempla indiferente.

Minutos después, sale de la habitación. Mientras llega la hora de volver a ver a Juan Sánchez, reanudará –en un café– sus meditaciones sobre el cinturón múltiple abandonado.

La escalerita del placer suele ser angosta, como es ancha la escalera del fastidio. Arturo vuelve a recorrer la primera, ahora muy lentamente. El placer ha cambiado ya de signo. Ahora es frío, racional... Se interna en otra realidad, la simbólica. De todo aquello que acaba de oír y ver sólo queda un hombre, una mujer, un cinturón...

Sin nombres, sin fechas, sin hora, sin lugar. En cualquier parte, a cualquier hora, a esta o a aquella mujer, a este o a aquel hombre, siempre el mismo suceso, siempre la misma anécdota, que luego se refiere como única, como personal e intransferible. Y es siempre la misma, aun en sus más leves detalles... ¡Monotonía, lento verdugo del tiempo, polilla incansable de la historia humana!

Y en el café, en cualquier parte –como ahora le ocurre a Arturo– un hombre se acerca a otro, y envanecido porque posee en su vida una anécdota común, una habilidad común, una dolencia, un traje, todo en serie, le dice misteriosamente:

—Mire usted, yo soy un hombre muy raro... A mí me ocurren cosas peregrinas.. Figúrese que esta tarde…

Y cuenta lo mismo, lo mismo, lo mismo... Lo que le ocurrió a éste, ése o aquél, con ésta, ésa o aquélla... Y todo, al principio, hace reír. Pero acaba por hacer llorar de rabia, de impotencia, ante la estúpida, ante la monótona vida, sin ninguna originalidad, sin ningún incentivo. A no ser estos pequeños, fugaces minutos de satisfacción de un apetito de mujer, de vino, de fruta, de colores, de músicas...

Ya bien entrada la noche, Arturo sale del café. Llama a un chófer, y da unas señas:

—Lanuza, 87.

IV. Campo magnético

Los cuatro ángulos del comedor son perfectamente normales y, en cada uno de ellos, reposan los ojos como en una vieja butaca familiar. Porque hay amigos así, recatados, silenciosos, ubicuos –de puro impersonales– que nos brindan su grata acogida, con el mismo ademán, en todos los lugares del mundo: las almohadillas del tren, por ejemplo. No se duelen de ningún abandono, nos salen al paso en cada nueva coyuntura, respondiendo siempre, fieles a sí mismas, a todas nuestras exigencias de reposo.

Desde los dos ángulos fronteros a la puerta, saludan a Arturo las mismas palmeras, iguales maceteros, que siempre vio en docenas de comedores idénticos; el mismo filtro a la izquierda –porque el agua de Augusta exige todos los días una higiénica depuración– y el mismo trinchero [15] a la derecha. Un comedor tan dócil a la pauta común, que Arturo cree haber cenado allí todas las noches. Es la pieza que se repite en los cromos de novela donde se exalta el amor a la paz conyugal.

---

15 *Trinchero*: plato trinchero, el que se usa para trinchar los alimentos.

En las paredes, se ven los mismos cuadros: la merienda campestre, Ifigenia mirando al mar, el crepúsculo rojo, los corderitos de Millet[16]... Y una lozana joven saliendo del baño.

No podía sospechar Arturo la presencia de aquel intruso elemento decorativo en el ordenado mosaico del hogar. Es un elemento que hace desafinar la pacata orquestación del comedor, como una bacante perdida en el claustro de las Huelgas de Burgos[17].

Pero, desde la ventanilla del Banco Agrícola, sólo sorpresas podían esperarse de Juan Sánchez. El lienzo es una interrogante que deja perplejo a Arturo.

—¿Qué le parece?

Juan Sánchez lo pregunta con un leve estremecimiento de inquietud. Ve a Arturo contemplar a la bañista y espía su gesto más oscuro.

—Bien.

La joven se lleva las manos a la cara, ocultándola por completo, con el mismo gesto púdico con que se ofrecería en espectáculo a un millar de espectadores. El pintor no tuvo en cuenta la absoluta soledad de la bañista, sino la trascendencia doméstica de la representación.

—Es algo atrevido, ¿no?

16 *Millet*: Jean François Millet (1814-1875), pintor francés, de Normandía, famosísimo por sus cuadros de la vida y trabajos de los campesinos. Tiene bastantes cuadros de pastores y pastoras con sus rebaños de ovejas y corderos. De aquí, el comentario irónico del narrador de esta novela, predominantemente, urbana. Desde la perspectiva vanguardista, Jarnés debería sentir poca simpatía sobre estos cuadros de la escuela realista-naturalista. No obstante, sobre uno de los más famosos cuadros de Millet, «El ángelus», Dalí, desde una perspectiva surrealista, montó toda una obra iconográfica, disquisitiva y Buñuel actualizó tal cuadro en una escena de *Viridiana*,

17 *Huelgas de Burgos*: Monasterio de las Huelgas Reales (o Santa María la Real de Las Huelgas) de Burgos, cenobio cisterciense femenino, el más importante e influyente de los establecidos en España. Fue mandado fundar por los reyes Alfonso VIII y Doña Leonor en el año 1187 y acogió como monjas a importantes damas de la nobleza castellana, sirviendo, además de panteón real y lugar donde los monarcas armaban caballeros.

A Arturo le parece tan edificante como los apiñados corderitos de Millet, a pesar de la trémula desnudez de la doncella. De sobra se advierte que el dulce rubor de aquella solitaria carne juvenil sólo puede ser provocado por una acendrada fe en la presencia de Dios.

—Es una «nota de color» un poco audaz.

Arturo ve entonces una firma bajo el rosado pie que se apoya en la esterilla. Es la firma no reconocida en el Banco Agrícola: una firma que, para revelarse, necesita ser tenazmente señalada por el índice del poseedor.

El cuadro podría ser obra de una Sociedad Anónima de Artes Plásticas, pero es del mismo Juan Sánchez: pertenece al mismo estilo común que el comedor. Y Arturo busca una frase que sirva de antifaz a su criterio. Pero no la encuentra y apela al balbuceo:

—Interesante, interesante.

—¿Sí?

Arturo, para olvidar aquel fracaso de puros elementos pictóricos, aniquilados bajo la mano impersonal de Sánchez, hundidos en la fosa común del módulo académico, comienza a recorrer el cuadro, hacia arriba, en busca de otros deliciosos territorios, si ajenos al arte de lleno, en cambio, en la curiosa y pintoresca región de las anécdotas.

De la firma salta a los pies; de los pies, a los tobillos; desde los tobillos emprende una lenta ascensión, maravillándose, de pronto, de estar recorriendo un terreno conocido. Ya lo debió advertir ante el gesto de la bañista de llevarse las manos a los ojos, idéntico al de Rebeca.

El vientre algo combado, los senos cónicos, los hombros suavemente caídos. Es la mujer gótica, reconstruida en un taller actual, terminada por un rostro sin otra seducción que su belleza. La fisonomía la tiene desigualmente repartida por todo el cuerpo. Apenas le ha llegado a la cara. Se cubre con las manos la parte menos delatora de su cuerpo.

Que acaba de ser impersonal en el pelo. Ejemplar de un modelo corriente, sin un guiño, sin un acento. Toda la cabeza es un común denominador del resto del voluptuoso organismo.

Arturo junta sus reservas de discreción. Oye los pasos del drama. Se agazapa. Medita. La mujer del cuadro es la misma que poco antes, entre un balcón entreabierto y un solo espectador —Arturo— ha bosquejado aquel gesto de cautela.

De cautela, porque ahora se advierte que con él sólo se ha intentado conservar el anónimo, no el pudor. Y con la diferencia de que en el cuadro una luz cruda cayó vorazmente sobre las formas desnudas como una esponja implacable que sorbiese relieves y borrase contornos.

Comienza a desarrollarse ante los ojos asombrados de Arturo la crónica galante de Rebeca; pero Juan Sánchez da un tijeretazo al celuloide.

—Debí quemar el cuadro. Ya sé que es de unas pretensiones deplorables.

—¡No, no!

—Lo pinté hace tiempo, cuando creí que llegaría a ser pintor. Luego escribí música. Al principio, como todos, escribí sonetos... Los sonetos, sí los quemé, y la música; pero esto le gusta a mi mujer.

—Lástima de versos.

Arturo acentúa su pena por la desaparición de los versos, para así embozar la que sufre por la conservación del cuadro. El momento es enmarañado, porque el idioma no tiene recursos para expresar la emoción que se siente ante quien, siendo apenas una firma con su rúbrica, ha recorrido tantos modos de expresión sin acertar con ninguno.

Todas las artes le prestan, una tras otra, esos preciosos instrumentos por los que puede revelarse el espíritu, sin que Juan Sánchez logre otra cosa que manosearlos, arrinconándolos luego en un zaquizamí[18] de ilusiones mutiladas.

Juan Sánchez se fue asomando a todas las troneras, desde las cuales es posible suscitar la atención del mundo, y el mundo sigue su camino indiferente, sin querer descifrar la firma y rúbrica de Sánchez. Y los que podrían ser risueños trofeos no son sino irónicos testigos de una franca derrota.

El trance es duro, pero se salva con otro más duro. Rebeca, seguida de un mozo robusto, impertinente, asoma por el pasillo. En el umbral del comedor, Sánchez presenta a los dos:

—Matilde, mi mujer. Alfredo, mi socio.

Rebeca masculla azoradísima unas palabras inútiles. Alfredo sonríe ceremoniosamente. Del conflicto dramático –porque estamos en presencia de un profundo conflicto dramático– a Arturo sólo le preocupa, en primer término, para no precipitar el desenlace, recordar bien el verdadero nombre de Rebeca.

Pregunta, medroso, a Juan Sánchez:

—Dijo usted...

---

18   *Zaquizamí*: Desván, cuarto pequeño poco limpio y revuelto.

—Matilde.

—¡Ah, si! Matilde.

Respira como si hubiese realizado con éxito una brillante investigación filológica. Sería peligroso mezclar aturdidamente en el diálogo el falso nombre de Rebeca, que es, sin duda, un lindo nombre de batalla.

Acaso Matilde reparte su belleza bajo el manto pudoroso de un grupo de nombres bíblicos, con una generosidad que disculpa todo desordenado amor al incógnito.

De la misma manera que las caritativas damas esconden la hermosura de su gesto bajo el doble negro manto de la noche y del anónimo, para repartir entre los menesterosos vergonzantes dinero y fe: amor, al fin, aunque de calidad muy diferente.

Porque el verdadero amor —como todas sus numerosas falsificaciones— gustó siempre de esconderse para repartir sus dones, con el fin de que —como acontece en el lamentable retrato de Matilde— una luz desaforada no descubra algún torcido perfil, alguna deforme exuberancia.

Y esta anónima pluralidad de Matilde, este afán de difundir su personalidad, de repartirla, generosamente, pudo sorprenderla Arturo en esos momentos de léxico borroso en que las palabras más pulidas ceden su puesto a cualquier turbia interjección.

Tampoco Matilde, en el período cósmico de su ternura, recuerda bien el nombre de sus colaboradores.

¿Y Alfredo?

Parece el personaje más nebuloso de este drama. Es cierta masa vegetal, coronada por un gesto socarrón. De su infancia, transcurrida en el barro de la calle, persiguiendo azorados perros, atándoles hojalatas a la cola, siempre a un kilómetro de la escuela, pasó a una adolescencia tan salvaje como la niñez, pero de instintos más recios y temibles.

De su adolescencia, transcurrida entre sacos de legumbres, ha brotado una espesa juventud, de radio corto, vivida entre facturas, plazas de toros, mesas de café, vagones de ferrocarril y lechos comunes de placer, no menos común. Su vida es una teoría de sucesos extraídos del anecdotario común.

Sus ambiciones son dos: las buenas comisiones y las mujeres suculentas. Aunque, en trance de elegir, es preferible el tanto por ciento.

El tanto por ciento es su único amor. Matilde es, por ahora, su único deseo. Los negocios decadentes de Juan Sánchez exigen la manipulación de Alfredo. La voracidad erótica de Matilde también recaba el concurso impersonal del negociante. No es el amigo, no es el camarada ni el amante. Es el cómplice. Un cómplice a quien es preciso ceder mesa y lecho, para robustecer su complicidad.

«Con un puntal así –piensa Arturo– persistirá durante mucho tiempo esta estructura de la que yo soy miembro esporádico.»

Y sigue, relumbre a relumbre, repasando las insolentes piedras repartidas por los dedos, por la cadena del reloj, por la corbata de Alfredo. Toda su personalidad la ha reducido a toscos productos de joyería. La ostenta, fanfarrón, en desafío.

Son la vanguardia deslumbrante de una opaca fisonomía, El mismo guiño truhán de sus ojos apenas una chispa desdeñable entre tanta ceniza. ¿Cómo pudo este mozuelo llegar hasta Rebeca, burlar tan descaradamente a Juan Sánchez, instalarse, al parecer, sin el menor escrúpulo, en la intimidad de aquel hogar?

A las muchas preguntas de Arturo, responde –sin saberlo– Juan Sánchez, en voz tan baja que no puede Alfredo oírla,

—Yo necesitaba un hombre atractivo... Alfredo ha sido un gran hallazgo. Quisimos, Matilde y yo, quedarnos con sólo la poesía de la vida y ceder la prosa a Alfredo... La prosa económica, principalmente.

—Excelente idea –añade Arturo, con una sonrisa falsa–. Ése fue siempre mi ensueño: ceder la prosa a lo demás, pero con ella, frecuentemente, nuestra mejor poesía. Hay una poesía de la acción mucho más alta que todos los lirismos.

—Sí, es verdad, es un negocio que pocas veces sale bien, éste de querer vivir al margen del duro texto de la vida. Usted puede hablar, que vive siempre entre conflictos... ¡Oye, Matilde! Arturo es un especialista en clasificar incendios. Esa especie de catástrofes le atrae. Una vez frente a ellas, las calcula al céntimo. Lo que me parece más difícil que cantarles un himno, como Nerón.

—Algo tengo de Nerón de la contabilidad –replica Arturo, sin abandonar su hipócrita sonrisa.

—Que nos cuente un incendio interesante –dice Juan Sánchez.

—Los de mi Sociedad de Seguros tiene hasta ahora poco interés dramático. Pero les contaré uno pavoroso, horripilante...

—¡No, no! –grita Matilde.

—¡Que lo cuente! –dice ferozmente Juan Sánchez.

—Sí, si, que lo cuente! –dice Alfredo.

—Ocurrió en los arrabales de Barcelona... Súbitamente –dice lúgubremente Arturo– una casa convertida en terrible hoguera. Eran ya las doce de la noche, cuando pudieron verse exteriormente las señales del incendio. Cuando acudieron a extinguido era ya tarde. Sólo quedaba por hacer aislar los edificios próximos. En el piso bajo –se supo después– había un depósito furtivo de materias inflamables. Una casa de cinco pisos. En el cuarto vivía el matrimonio francés Lavalle, bien conocido por la acrisolada honradez en el comercio y en la vida social. El señor Lavalle viajaba frecuentemente por asuntos de su profesión. La señora Lavalle apenas salía de su casa, entregada a sus faenas domésticas y a la lectura de novelas psicológicas. Alternaba a Paul Bourget [19] con la confección de la más fina mayonesa del barrio...

—¡No se burle, Arturo! –replico Matilde, malhumorada.

—El tumulto callejero –continúa Arturo– era imponente. Pálidos de terror, contemplaban todos la catástrofe. Algunos vecinos habían podido salvarse huyendo por el tejado. Otros, gritaban pidiendo socorro. Comenzaron a funcionar las escaleras del servicio público y la calle se llenó de hombres y mujeres medio desnudos, tiznados, algunos con terribles quemaduras, lisiados, trastornados por la emoción, desorbitados los ojos, roncas las voces. Las madres llamaban a sus pequeños. Una de ellas, que buscaba

---

19 *Paul Bourget*: (1852-1935) Escritor francés, muy popular en España en la década de los veinte por su primera novela «Cruelle énigme» (1885). Su producción posterior se caracteriza por la penetrante descripción de estados psicológicos y por su naturaleza decadente. Con «Le disciple» (1898) se inició en el campo de los problemas sociales y morales, caracterizándose su producción por puntos de vista cada vez más reaccionarios.

inútilmente al suyo, sufrió un ataque de locura... Se tenían ya noticias de casi todos los inquilinos. El número de víctimas –que en principio se tuvo por enorme– se iba, afortunadamente, reduciendo. Los servicios habían comenzado a funcionar a punto.

Sin la precipitaciones y los pánicos del primer momento tal vez no hubiese habido que lamentar ninguna definitiva desgracia personal; pero el terror es más potente que el servicio de bomberos mejor organizado. No eran muchas las quemaduras, pero eran muchos los brazos y las piernas rotos. Un jovencito se había arrojado desde el tercer piso. Una muchacha había intentado correr por una cornisa y se había roto el cráneo en la acera ... Los coches de Sanidad se iban tragando víctimas...

«¿Y el matrimonio Lavalle?», comenzaron a preguntar los vecinos.

Alguien indicó a los bomberos el balcón herméticamente cenado de los Lavalle. Con peligro de su vida hicieron trizas las maderas, entraron dos de ellos, ante la expectación del público, que desde abajo, contemplaba aquel piso, devorado ya por el fuego. Heroicamente, los bomberos atravesaron las llamas, y pronto se les vio descender con dos bultos informes, medio carbonizados. ¿Cómo pudo ocurrir aquello? Las gentes no acababan de explicárselo, a menos que se tratase de un doble síncope... Tal vez el matrimonio Lavalle, víctima de un desmayo, había dejado pasar dolorosamente el tiempo... No se sabe. El hecho es que allí quedó, en la acera de enfrente, el doble despojo humano, piadosamente envuelto en una manta.

Los vecinos aguardaban, entre curiosos y aterrados, la

llegada de los hermanos del señor Lavalle, que habían sido llamados por teléfono; de otros parientes y amigos del matrimonio, que ya no podrían reconocer a las víctimas, horriblemente desfiguradas. Los gritos de angustia no cesaban. La casa, entretanto, amenazaba desplomarse. Fueron retirados los cadáveres, comenzaron a apartarse los curiosos, se estableció un inflexible cordón, cada vez más amplio. El edificio estaba ya coronado por una inmensa cabellera de fuego. Las gentes comenzaban ya a olvidar al infeliz matrimonio Lavalle cuando, súbitamente, volvieron sus ojos espantados hacia un hombre que venía al lugar del siniestro, todo desmelenado, loco, con los brazos extendidos gritando:

«¡Genoveva! ¡Genoveva!»

Las gentes se miraron consternadas, mudas de terror. Abrieron paso a aquel hombre desencajado, furioso, a aquel espectro. Acababa de saltar de un automóvil que había atropellado a un mendigo y dos perros. Pronto fue reconocido por los vecinos. Helado de terror, dijo uno de ellos al oído del curioso más próximo: —¡Es el marido! —¿El señor Lavalle? Suele hacer pequeños viajes a los pueblos de la comarca... Viajes de negocios. Y tiene un socio, que lo representa... —Sí, sí, ya, vamos... Se acercaron al foco de la tragedia... Allí estaba el señor Lavalle contemplando estúpidamente el doble despojo humano. Daba miedo aquel hombre, ya sin voz, caídos los brazos, abrumado. Un pavoroso espectro.

Arturo calla. Pasan unos instantes. Al fin, pregunta Juan Sánchez:

—¿Qué ocurrió después?

—El señor Lavalle se volvió loco. Ya no podía ocurrir nada.

—Inventa usted maravillosamente –dice Matilde–. Pero a mí no me engaña.

—¿No querían una catástrofe de mi especialidad? Pues, ahí la tienen.

—De modo que el señor Lavalle... –agrega Juan Sánchez.

—Sigue muy cuerdamente dedicado a sus negocios... Y todo lo demás es exacto, incluso el incendio. Sólo que el incendio es meramente pasional, no exige bomberos. Y. puesto que los amigos Lavalle –con su socio– continúan en buena salud, alegrémonos todos y bebamos por la prosperidad de sus negocios en prosa y la realización de sus ensueños en verso.

—¡Bebamos!

Todos ríen la ocurrencia de Arturo, pero bien se advierte que la broma no acaba de gustar. Matilde aprovecha una distracción de Alfredo y Juan Sánchez para deslizar en el oído de Arturo la ponzoña de un insulto.

—¡Canalla!

La doméstica aparece con el primer plato. Todos se disponen a comer.

V. Punto muerto y evasión

Se sitúan los cuatro comensales a los extremos de una cruz. Arturo queda frente a Matilde, y Alfredo, frente a Juan Sánchez. Las cuatro miradas y los cuatro silencios se cruzan perpendicularmente en un punto: en un punto gris, como el formado por cuatro rayos de color diferente.

Punto muerto. En vano se intenta reavivarlo con algunas palabras insubstanciales, ajenas al nudo dramático. El punto crece, se ensancha, amenaza anegar a los cuatro. Lo componen los residuos espirituales más visibles de cada momento. Es a saber:

La indiferencia de Matilde que, al mismo borde del despeñadero, va recobrando su risueña desenvoltura. La fatiga de la tarde ha determinado en ella estados de debilidad interior que disimula con sonrisas y palabras sin sentido; o francamente inoportunas. La timidez de Arturo, incapaz de abandonar aquel cepo doméstico sin darse cuenta de todos sus resortes.

La figura de Matilde va creciendo en interés, aunque ella parece deleitarse en perder en estatura. La socarronería de Alfredo, que calcula íntimamente las fuerzas –que él juzga irrisorias– del evidente enemigo nuevo, de aquel intruso cuya aparición allí no acaba de explicarse. La flaqueza mental de Juan Sánchez, quien se tortura buscando el sentido simbólico del catastrófico relato de Arturo.

Cada uno se instala dentro de su cabaña tejida de tupida hojarasca; apaga todas las luces de su espíritu, se hunde en una bruma común, desliza frases opacas, mates.

Un halo plomizo enturbia las frentes. De sus pensamientos escogen el más vulgar, el de tipo más conocido, el más lejano de su inquietud; de sus ademanes, el más blando, el menos auténtico, el más fácil de olvidar. Va inundando el comedor una nube cenicienta, nutrida por espesas oleadas, alimentadas por los cuadros, por las palmeras, por el filtro, por el trinchero, por los comensales, por todo lo allí agrupado, inerte o vivo.

Se acentúan las distancias entre lo que van pensando y lo que van diciendo. Arturo está pensando: «El azar nunca fue tan caprichoso conmigo. En una misma tarde me encuentro con tres personajes representativos, muy dignos de estudio, probablemente víctimas de otras tantas enfermedades incurables; peligrosos, eso sí, para un puro contemplador que se decide a perder su pureza, a mezclarse en su drama». Pero dice en voz alta, contestando a una pregunta de Matilde:

—En efecto. Hay catástrofe a la vista. El lunes debo ir a Los Olmos, a rebuscar entre las cenizas de un incendio sospechoso...

Juan Sánchez está pensando...

«Sin duda el espectro del marido es una alusión a mi papel desairado entre Alfredo y Matilde. Semejante hipótesis es muy comprensible, pero falsa. Con todo, voy a acentuar la vigilancia. Alfredo es un hombre leal. Por otra parte —yo lo sé bien— lo acaparan las tanguistas de La Perla, especialmente Lola. Aunque, después de todo, ¿qué me importa Matilde? Me importa mi vida sin un descanso en esta brega por encontrarme a mí mismo. Este Arturo, que parece comprender la pintura, se quedó frío ante el desnudo. ¡Si supiera que es un retrato de Matilde! Creí haber ideado un retrato original, un retrato de sólo el cuerpo, porque me habían dicho que la fisonomía estaba repartida por toda la piel... Pero Arturo se quedó mirando el vientre de Matilde, sin hacer un solo gesto de sorpresa. ¡Un vientre perfecto!»

Pero dice en voz alta:

—¿A Los Olmos? Allí tenemos parientes. No encontrará usted fonda habitable. Vaya a ver al médico. Yo le escribiré mañana una postal. Vive con su madre, tía de Matilde. Es una anciana muy amable.

Alfredo piensa: Este jovenzuelo ha venido aquí detrás de Matilde, como si lo viera; pero, a cualquier hora, le dejo fuera de combate. Tiene cara de infeliz y no sabe una palabra de la vida. Lo dejaré complicarse, por si luego nos sirve para el golpe. Pero dice en voz alta:

—¿Los Olmos? ¡Buen vino hay allí! Un amigo mío montó en Los Olmos un cabaret y perdió hasta la camisa. La gente sólo va a la taberna.

Matilde está pensando:

«Arturo lo ha adivinado todo, pero ignora las razones de mi conducta. Nunca quiso oírme hablar. Si comienzo a contarle mi vida, me interrumpe diciendo que ya la sabe, y repite lo de la letra de un tango, cuando la vida es sentimental, y lo de tema para una novela blanca, si es vida razonable. Todo lo clasifica inmediatamente, como si se tratase de asuntos de oficina... Pero mi vida es de otro tipo. Sobre todas las cosas, he puesto siempre nuestro amor.»

Pero dice en voz alta:

—¡Cuánto me gustará que vea usted a mi tía! Sabe mucho. Tiene libros muy viejos, de nuestro abuelo el notario y varias telas de algún interés. Debe usted quedarse allí. La casa es grande, y viven en ella solos, madre e hijo. Porque mi primo no quiere casarse. Desprecia a todas las mujeres, por no disgustar a su madre.

—No las desprecia –añade Juan Sánchez–. Yo he visto a Juan [20] una tarde...

El diálogo se arrastra penosamente, de puro chocar con los pensamientos, tan ajenos a las palabras que van formando una nube parda, sin centelleo alguno ingenioso. Ensaya Arturo esfuerzos sobrehumanos para avizorar en la niebla. Le empuja una invencible curiosidad de conocer en cada espíritu sus relieves y fronteras.

De aquellos tres paisajes interiores sólo conoce un vaho soñoliento, y él sabe que entre la nube algodonosa y la médula del terruño hay siempre declives imprevistos.

Le desespera no hallar en los ojos de Matilde ningún hito de avance. Matilde cerró herméticamente el cofrecito de sus verdaderas miradas y distribuye, en lotes iguales, entre los tres, unas sonrisas y unos mohines apócrifos.

---

20   Aquí parece haber un descuido del propio autor, pues el primo, que aparece más adelante, se llama Patricio y no Juan.

Y esta misma ausencia de elementos concretos le empuja a mirar a sus compañeros de mesa como elementos abstractos de un drama latente, de un juego cuyas cartas nadie se atreve a arrojar sobre la mesa. Él, que por complacer a la fracasada Rebeca, está leyendo estos días un lote copioso de novelas del siglo XIX, define con esta vaga fórmula la extraña situación íntima del grupo:

«Sobre nosotros se cierne la tragedia.»

Arturo siente volar sobre las cuatro cabezas el gran pajarraco negro. Calcula el ímpetu de los cruentos picotazos...

A juzgar por el número de los personajes, la tragedia se ofrece algo disimulada; una ligera meditación acerca del número cuatro comienza a tranquilizarle sobre el posible final, como el examen de las substancias combinadas en la probeta hace posible precisar las consecuencias del cuerpo explosivo resultante.

Del número uno al tres, las posibilidades de tragedia crecen rápidamente. Un solo personaje apenas puede plantearse sino problemas metafísicos: ser, conocer, existir. Es el monólogo, con toda su total ausencia de choques vitales. Hamlet. dando paseos por dentro de sí mismo, persiguiendo fantasmas.

Para que surja el conflicto real es preciso contar, al menos, con dos seres que se atraigan o repelan, que se entable el diálogo, surjan conflictos que serán fáciles de resolver porque se limitarán a desacuerdos temperamentales, a transitorias ansias de libertad, si se trata de disturbios domésticos.

La tragedia reviste su verdadero carácter al llegar al número tres, en que un tercero rompe el equilibrio definitivamente. El grupo social puede admitir al tercero como elemento de armonía, como el «mediador», pero en el grupo dramático el tercero es siempre un disociador, la dinamita que hace estallar los bloques más recios.

El número tres es fatal en la tragedia bien planteada, que ya sólo podrá disminuir, desvanecerse, con la expulsión de un término.

Pero la tragedia comienza asimismo a reducirse de tamaño, al crecer el número de actores esenciales. Cuatro, principian a ser excesivos. Comienza a intervenir el elemento irónico. Tres, mantienen la escena, y uno, contempla: y todo el que verdaderamente contempla, termina por desgajarse de lo contemplado.

En cinco, se relajan ya tanto las cuerdas patéticas, que sólo falta un leve empuje para penetrar de rondón en los dominios de la comedia de enredo. Seis o siete personajes ya sólo pueden producir un coro; pocas veces consiguen encontrar su autor.

Ahora, en esta mesa, Arturo señala mentalmente los papeles:

El marido.

La mujer.

Amante primero.

Amante segundo.

El amante primero es Alfredo. Lo delatan sus recios músculos de atleta, capaces de adjudicarle el campeonato en todos los concursos de fisiología galante. Arturo no vacila en asignarse el cuarto papel, se reduce a la baja condición de amante subalterno. Y de contemplador que ya va pensando en desgajarse del grupo.

En esta partida doméstica, como en las de tantos juegos de azar, se llamó a un cuarto jugador para que así pudiera continuar el juego: a ese cuarto, que francamente pierde, porque, reclutado a la ventura, no conoce las tretas del resto del grupo. Arturo se siente allí como el versoripio en una cuarteta pasional.

Será preciso eliminarse, cautamente, aun a trueque de agudizar el drama. Tres meses de ternura amorosa comienzan a agotar sus posibilidades de tragedia. Como otras veces, renuncia al goce que acaba de disfrutar. Todos sus propósitos podrían medirse por su distancia al deleite.

Fatigada, en declive, su carne obedece, sumisa, al imperativo del espíritu.

La tragedia, cansada ya de cernerse sobre las cuatro cabezas, se aburre y se va, dejando abiertas las ventanas al tedio. Matilde se lleva las manos a los ojos: es su gesto favorito, que ahora lo utiliza para simular una jaqueca.

Sale y se enrollan todos los bastidores de la escena. Ni un gesto, ni una sonrisa. Al estrechar las manos deja en cada oído una fecha.

Lejos de Matilde se sientan los tres más cercanos. El recuerdo de Matilde es mejor aglutinante que su real presencia. Y, entonces, propone Alfredo una excursión nocturna. Se sentirán más apiñados en una mesa de café. Silenciosamente van penetrando en la calle, desembocan en una plazoleta oscura. Alfredo ordena:

—A La Perla.

Es el caudillo. Uno a uno van entrando en el zaguán, donde Alfredo es estrujado por dos muchachas de «la casa». Una de ellas –Lola, según informa Juan Sánchez–

lo arrastra hacia un diminuto palco donde ella ha montado su parque de atracciones. Juan Sánchez sigue informando:

—No veremos ya, en toda la noche, a Alfredo. Ha tropezado con Lola. No lo dejará ya en paz.

Arturo se encoge de hombros, decidido a permanecer muy poco tiempo allí. No baila, no es hombre con quien se puede contar de madrugada. Mucho menos junto al hombre firmado y rubricado que ya intenta proseguir sus confesiones. Por un rato, se ensaya Arturo una piel de oidor de confidencias por la que resbalen sin dejar huella, como el mercurio. Atiende, resignado.

Se necesita una sabia flexibilidad para ir acomodándose a las ondulaciones emocionales del confidente, a su intensidad, tono y timbre. El oidor de confidencias debe buscar un rodrigón, un punto de apoyo para no flaquear en la larga cuerda floja. Y Arturo encuentra felizmente ese punto en una media de seda que comienza a disgregarse en el opulento arranque de una curva: punto de patetismo superior al de muchas falsas escenas de caballeros con la mano en el pecho.

Arturo contempla, emocionado, aquella pierna profesional, mientras Juan Sánchez persiste en su sombría locura:

—Ser o no ser. Hallarse a merced de un registro civil, de una cédula falsificada, de un pasaporte. Esperar a que alguien nos diga qué somos...

Las piernas inician un delicioso vaivén para escamotear el punto suelto. Se quiebra la armonía de la mujer sentada, que todo lo fió a la parte inferior, tan esquemática.

Un movimiento torpe produce otro más torpe. Si estudiamos la torpeza en sus dos aspectos sinónimos, dinámico y voluptuoso, veríamos que el caso de torpeza rítmica destruye totalmente la sensual. Nada suscitan unas piernas en franco desnivel armonioso.

—Porque nuestro ser es tan frágil que el más leve control lo desvanece...

Un punto es todo y es nada. El geómetra no puede atraparlo, y se lo inventa en el cruce de dos caminos. Es un átomo de la línea, es la larva de un poliedro. Sin gozar de ninguna dimensión puede engendrar las tres.

Este punto que examina Arturo está describiendo una línea recta. Se agranda, se ensancha, anula la distancia de su mesa a la de Arturo; unas manos se posan en los hombros de Juan Sánchez, le tapan los ojos, le vuelven la cabeza, le zarandean, le golpean...

—Pero, ¿no me conoces, Juanito?

Juan Sánchez abre los ojos, atónito; quiere recordar. La muchacha ríe, alborozada.

—¡Pero este Juanito!

—No recuerdo.

—¡Si eres inconfundible! Tu cara no se olvida nunca. ¿Convidas? ¿Vienes?

Juan Sánchez, estremecido, renaciente, se deja arrastrar. (¡Inconfundible! ¡Inconfundible!) Mientras Arturo recorre el cabaret con los ojos, buscando otro punto de apoyo para mover aquel menudo universo de sus imágenes fatigadas.

A los dos minutos, Arturo se queda completamente solo. Pero decide no marcharse hasta averiguar por qué procedimientos se declara a Juan Sánchez «inconfundible». Se propone celebrar alegremente la fiesta de aquella recuperación de una personalidad. No saldrá de allí sin felicitar a Juan Sánchez.

VI. Noche de placer

Dentro del cabaret, los modos de fascinar están ya tan gastados que algunas muchachas inteligentes pretenden ir cambiando todo el repertorio. En vez del pícaro juego de las miradas, utilizan la preciosa geometría de las piernas.

A la insolencia ha sucedido el ingenio. Son modales que la sociedad ensaya allí –como en una granja agrícola se ensaya una familia importada de membrillos–, para transplantarlos luego a los salones...

Arturo bebe un sorbo de coñac y se deja invadir por el cansancio. Durante algunos minutos cambia aquel mundo ruidoso por otro en pleno silencio, pero le despierta la explosión de febriles aplausos que suscita Nené, la atracción de La Perla, bello ejemplar de cocota que se ofrece en el ruedo totalmente desnuda bajo una lluvia de gasas negras.

Poco a poco, la sensualidad que despertó Nené se va apagando. Se van repitiendo –van cansando– las circunvoluciones. Su gracia movediza va retrocediendo por los mismos signos del zodíaco. Nace en los espectadores la serena contemplación, como nace una corola clásica de un puñado barroco de hojas verdes.

La mirada de Arturo brinca del blanco vientre –risueña luna– de Nené hacia su propio vientre. Se convierte en un Buda, hincados los ojos del espíritu en su propia intimidad. «Nuestra vida –se dice– es también así: un juego de sombras.» Algo cándido, fraguado con materia infantil, blanca, primitiva, que hacemos ir recorriendo desfiladeros de nubes. Pasan las sombras por esa blancura temblorosa como pasan las inquietudes por nuestro espíritu.

Ateridos bajo una lluvia de oscuras incertidumbres –sigue pensando Arturo–, sucumbimos o resurgimos, según nuestra capacidad de voltear, de domeñar nuestros propios fantasmas. Toda nuestra vida es una perenne maniobra para escamotear nuestra esencial desnudez, la verdad fundamental de nuestra vida.

Danza patética de la que acaso salimos sin saber otra cosa que nuestra propia fatiga, nuestros íntimos derrumbamientos.

Pero el eje de atención de los clientes de La Perla –excepto unos pocos, encerrados en el tirano recinto pasional de otra mujer, dictadora dentro de un palco– sigue pasando por el ombligo de Nené, y Arturo, recordando las graves palabras del filósofo –«Serio es aquello por donde pasa el eje de nuestra existencia»–, piensa en lo cómico de la actitud propia y de estas gentes que abandonan el verdadero eje para hacer piruetas en este otro eje provisional de tan voluptuosa como frágil perspectiva.

Arturo acaba por arrancar de sí aquel pulpo tiránico

que por unos momentos le ha sorbido la atención, y aloja a Nené, con todos sus brumosos subrayados, a Nené aún presente, en el mundo de los frívolos recuerdos.

Nené ya no existe. Arturo sólo atiende con los ojos: dócil sentido donde suele refugiarse la pereza. Atender con los ojos es la primera fase del buen entendedor. También suele ser la última del cauto distraído. El espíritu reserva para los demás infinitas coqueterías: una de ellas está encomendada a los ojos, por los que nunca suele asomarse el alma.

El espíritu, ante las cosas que le cautivan, comienza por abrir mucho los ojos; pero termina, si las ha capturado bien, por cerrarlos herméticamente para no dejar huir sus maravillosas prisioneras, las imágenes. Ante las que le dejan indiferente, sigue abriéndolos como embobado. Deja que entren y salgan libremente.

Esta frase de abandonar el eje de nuestra vida, simulando una decisiva atracción del contorno, es la farsa mayor de nuestro espíritu. Lo que nos rodea existe en cuanto sumerge, al menos un costado, en nuestra propia irradiación. Lo demás, lo no hundido en nuestra atmósfera, son fríos astros, goce metálico de las ciencias cartujas.

Vibramos, movemos en derredor nuestro un poco de aire viciado por nuestra propia emanación; cuanto no respire el mismo aire nos es indiferente.

Por eso es tan duro llegar a conocer ninguna auténtica fisonomía. Hay que traspasar esas capas enrarecidas. No podemos fiarnos de su, a veces, petulante transparencia. Lo normal es desistir de conocer a los hombres, porque ir en busca de su verdadero rostro es un comienzo de locura.

Y pretender que los demás conozcan la nuestra, es una infantil ingenuidad. Sólo nos conocerán cuando una arista de nuestro ser roce el suyo, les hiera, les haga volver los ojos.

Arturo vuelve los ojos hacia la vida de Alfredo. Cada vez que la memoria le trae un gesto, una palabra de aquel hombre, algo se crispa, se encona, dentro de Arturo. Y se le reaviva el deseo de irrumpir en la intimidad de aquel hombre. Otro solitario espectador se le acerca, diciendo:

—Perdóname, amigo mío. Supongo que Alfredo no lo será tuyo.

—¿Qué quieres decir con eso?

—He venido observando vuestro grupo desde que entrasteis al cabaret. Es mi profesión de estas horas. Elegí este lugar, porque aquí los hombres suelen obrar con más desembarazo. Se acercan más a sus propios instintos. Aquí la gente viene a desnudarse de su traje de sociedad; suele exigir el pago de una semana, de un mes de trabajo encasillado. Suele reclamar cínicamente su plus de goce...

—Alfredo es de estos hombres. Lo conozco bien. Soy un especialista en esta parcela de humanidad, porque suelo venir frecuentemente; me siento en este mismo sitio, veo cruzar muchas veces los mismas hombres, con sus mismos deseos. Tú eres aquí nuevo.

—Cierto.

—Lo conocí en seguida. Para ti, entrar aquí constituyó una excepción, mientras para Alfredo sólo es continuar una actitud. Esto le hace despreciable. Me sorprende veros juntos.

—Nos ha juntado el azar.

—Vuestras vidas no pueden ser paralelas.

—Se encuentran, efectivamente, en un punto.

—Dónde?

—En una mujer.

—Es la que suele trazar esos ángulos. Debí figurármelo. Ahora, todo lo comprendo mejor.

—Dime.

—Eres el complemento de Alfredo. La mitad superior de un hombre.

—Gracias por la noticia. Pero yo también me siento inferior.

—Hablo de la que domina. ¿No has observado la oblicuidad de los ojos de Alfredo? ¿Y sus labios redondos, gruesos, de glotón, de ente inmundo? ¿Y su nariz curvada hacia la boca? Debes aprender los signos de la repulsión.

—Todo lo confío a mi instinto, que no suele engañarme. Había reparado en ese retrato de traidor de melodrama que me acabas de pintar. Pero no le temo.

—No te burles y controla al mismo instinto. Suele dormirse. Puesto que Alfredo es tu mitad inferior, aprende bien sus características.

—No creo en la maldad absoluta. Apelaré a un tanto por ciento de bondad.

—Eres excesivamente generoso.

—Soy muy egoísta. Y la generosidad es una forma superior del egoísmo.

—Eres incorregible. Buenas noches.

Arturo queda anonadado, como si se hubiese despedido de su propia conciencia. ¿Quién sería aquel hombre?

Momentos después, ya cree Arturo que todo ha ocurrido en sueños, que todo ha sido un poco de charla entre su fatiga y su tedio.

Piensa en la fuga de Juan Sánchez en busca de sí mismo. ¿Qué habrá ocurrido? Los ve en la calle, retozando. Ella —la oyó llamar Ruth— muy regocijada por haber encontrado a un amigo que sin duda saldará la cuenta de la noche. Él, por haber tropezado con una firma que, espontáneamente, ha avalorado la de Juan Sánchez. Allá van los dos, quebrando infantilmente su propia dirección, trazando figuras de infinitos lados que tienen por vértices los faroles, los serenos, los taxis...

Y los pálidos supervivientes de algún naufragio astral —gárgolas derribadas, mojones del vago reino lunático—, empapados de vino y de versos: los falsos poetas.

Ruth va empujando a su banquero provisional hacia una puerta flanqueada por dos aburridas hembras que esperan vanamente un cambio de tedio. Entre tantas herméticas, foscas, una dócil puerta se deja violar. Un pasillo oscuro, que Juan Sánchez alumbra con un encendedor.

Juan Sánchez persigue una extraña voluptuosidad. Le arrastra no la boca ni el sexo de Ruth, sino aquel dedo de contera de nácar, aquel dedo redondo, fascinador, que acaba de señalarle entre la multitud. Una manecita acaba de afirmarlo como ente personal: Juan Sánchez sigue el rastro de aquella manecita con el propósito de verla de nuevo, extendida hacia él, señalándole, alborozada:

—¡Tú! Eres tú!

Si no padeciese tan intensa alucinación, dudaría un poco de esta alegría de Ruth, provocada no por el hallazgo de un generoso amigo, menos por la esperanza de un deleite, sino por su fe en la pronta nivelación de un presupuesto. Pero Juan Sánchez se lanza con tal ímpetu a morder esta golosina de la predilección de Ruth, que el espectáculo lamentable de la alcoba no logra prendérsele en la retina.

Como esas últimas estaciones, ya muy próximas a la gran ciudad, que el viajero no advierte en su fiebre del último minuto, al poner en orden su corbata, su sombrero, todo su atuendo personal.

Ni atiende al mismo espectáculo de Ruth que, excesivamente ilusionada por el éxito económico de su desnudo, olvida aturdidamente muchos recursos de seducción; y lo que pudo en ella ser fina y cotizable coquetería apenas resulta un cinismo despreciado.

Mezcla sin ritmo la golosa intimidad con el descoco, y todos los valores plásticos de la escena se reducen mucho de calidad. Juan Sánchez nada ve. El placer más vivo de aquella belleza dinámica ¿puede ser algo ante esta suma embriaguez del individuo que, por fin, se siente destacado del grueso innumerable, con una crucecita en aspa?

Ruth busca algo en una cómoda, se arquea levemente sobre el cajón superior, acentúa el arco sobre el cajón más bajo, termina la curva sobre el inferior. Si Juan Sánchez no padeciese tan turbia alucinación, desdeñaría las demás voluptuosidades por seguir la sucesión de estos arcos imprevistos, que multiplican en Ruth, graciosamente, sus posibilidades de belleza.

Mientras le afirman y reafirman en su condición de lindo animalejo de placer. Porque toda la sabrosa arquitectura, al enroscarse sobre sí misma, va perdiendo el último resto de cínica altivez derrochado en la calle y adquiere una nueva fascinación de fruta. Al doblarse, vuelto el rostro hacia la tierra, su carne esboza ademanes de oferta...

Como al doblarse, vuelto el rostro hacia el techo, esbozan un ademán de tortura las «Tres Hermanas Argelinas, Tres», que ahora recogen toda la atención dispersa del cabaret.

Con los pies y las manos en la alfombra, las «Tres Hermanas Argelinas, Tres» parecen disponerse al martirio, tenderse sumisas en un potro. Esos viejos aparatos de martirio que suelen instalarse en los circos, en el ruedo de este cabaret sólo están aludidos por rectas ideales, que las tres muchachas recorren con la sonrisa en la boca atrozmente grana, cereza y sangre, respectivamente; porque si las tres coinciden acaso en el modo de besar, que aprendieron en la misma revista de cinema, no coinciden en el modo de preparar el cálido instrumento del beso.

Arqueadas, vientre arriba, los tres cuerpos comienzan a perder su calidad humana y a acercarse a la de pulpo. Los frágiles sostenes se atirantan, el vientre amenaza abrirse en dos gajos, de tan tenso. Al fin recuperan, de un salto, su posición normal. Se les perdona la tortura, y las tres reparten besos ideales entre aquella fauna mixta de libertinos profesionales y de libertinos de afición.

Desnudas hasta el punto extremo que toleran los preceptos municipales, juntos los pies por los talones y las manos sobre las cabezas, construyeron luego una ánfora griega, donde los senos se adelantan en cornisa, y los muslos, de piel morena y apretada, tiemblan un poco bajo la lluvia de miradas.

Luego, de la espuma del mar. emerge Afrodita, perseguida por nereidas con cola de pez, incapaces de correr tras la diosa que, riendo estúpidamente, se refugia en lo más alto de una roca. ¿Por qué estas nereidas persiguen a Afrodita? Van gritando:

«¡Ha robado a Plutón! ¡Ha robado a Plutón!

No pueden correr. Después de algunos coletazos en la arena, se dejan arrastrar por una ola que las devuelve al movedizo palco marino, desde donde siguen insultando a Afrodita que roba sus tesoros al fondo del mar, maravilloso cabaret donde Plutón es el gordo banquero que paga todas las notas...

¿Plutón o Neptuno? Comienza a dudar, mientras la diosa, allá en lo alto del carro, con un espejito en la mano, comienza a pintarse la boca...

¿Las dos, las tres de la mañana? Afrodita mira su relojito de pulsera. Arturo va a preguntarle... Pero algún tritón lo zarandea. Es Juan Sánchez, que llega solo, desencajado, vencido, náufrago, desde el fondo del mar.

—¿Qué hay? ¿Van a cerrar? Sí, la nota.

—¿Lo ve usted, Arturo? ¡Una ilusión de esa imbécil!

—¿Cómo?

Se frota –ritualmente– los ojos. Ha vuelto a la dudosa realidad del cabaret, desde el cabaret marino, mucho más lleno de mitos, pero con menos náufragos.

—Cuénteme.

—Nos encerramos. Quería obsequiarme con una cara, con un garbo originales. Yo estallaba de alegría. Por fin, alguien me confería una personalidad. Algo dudosa, pero muy halagüeña. Pues bien... ¡Nada! Buscaba a un tal Juan Martínez.

—¿Cómo adivinó su error?

—Al desnudarme, vio la firma y rúbrica, y comenzó a palmotear: «¡Eres otro! ¡Eres otro!» Yo le arrojé un vaso a la cabeza. Chilló, anduvo corriendo por la casa, medio desnuda. Quería llamar a la policía... Por fin, todo se arregló con unas pesetas. Pero sus gritos se me hincaron en el cerebro: «¡Eres otro! ¡Eres otro!»

—Culpa de usted. ¿Por qué se ha grabado en la piel su cédula personal?

—Se quedó estupefacta. Luego comenzó a gritarme: «¡Eres otro! ¡Eres otro!»

—¿Va usted a hacer caso de una ramera?

—¡No, no es una ramera! ¡Es un testimonio! Y ya lo ve usted. Yo siempre soy otro cualquiera. Es decir, soy Nadie. ¡Nadie!

VII. Sancho, padre común

Al llegar a Los Olmos, Arturo pregunta al mozo que le lleva el maletín, cuál es la casa del médico, y el mozo le señala un ancho portalón con escudo de armas sobre el dintel. Arturo contempla aquel escudo que debió de pertenecer a algún caballero templario. Lo incrustarían allí para ornamento de la fachada. Un pedrusco denegrido entre los otros cuidadosamente enjalbegados. Se acerca a él con el propósito de descifrarlo, pero no lo consigue.

Las mordeduras del tiempo, acentuadas por las pedradas de los chiquillos, han acabado por destruir una leyenda y unos símbolos que, hace unos siglos, habían prometido la inmortalidad a una familia.

—Buscaré al erudito de la localidad, es decir, al sepulturero de estos símbolos y de este presumido latín –piensa Arturo. Y, en voz alta, dice–: Llama ahí.

El mozo llama a grandes voces, que retumban en el patio.

—¡Angelita, Angelita!

Aparece una muchacha, rezongando:

—¿Qué voces son ésas? ¿Qué quieres?

—Aquí, este señor que desea ver a don Patricio.

—Que suba.

Ya comenzaban a rodear a Arturo unas dos docenas de chiquillos y tres ancianas, cuando comenzó a subir una coquetona escalera que nada tenía que ver con el pedrusco denegrido. En un rellano se detiene a contemplar un busto de Hipócrates, patrono, indudablemente, de la casa. Poco después se halla frente a otra anciana a quien la bondad le rezuma por los ojos, por la boca –llena de gracia femenina– a pesar de haber emitido unos sesenta años antes su primer balbuceo.

Pero el mejor signo de su carácter es la voz. Pregunta por Juan Sánchez, por Matilde, con una dulzura maternal. «¡Estos hijos!» –dice, como si se tratase de muchachos fuera del redil, que no quieren volver a él–. En el modo de preguntar por ellos adivina Arturo la opinión de la anciana sobre aquellos sobrinos descarriados.

—Usted conocerá bien a mis sobrinos... Dígame, dígame –añade con subrayado interés.

Arturo se encuentra frente a la entrada de un desfiladero que es preciso abordar. Precisamente por conocerlos demasiado bien, se le impone un método maquiavélico de exposición. Pero tampoco desea perderse en el laberinto de una farsa escénica sin clara salida. Titubea un poco, antes de decidirse a levantar el telón. Pero –¡oh, maravillas del silencio!– aquella pausa vale por todo el discurso, gracias a las excelentes dotes de interpretación de la bondadosa anciana. Quien suspira hondamente y dice:

—Comprendo, comprendo su silencio. Juan Sánchez es un desequilibrado. ¿Por qué no decirlo? En cambio Matilde...

—Matilde es otra cosa —dice todo azorado Arturo. metiéndose de rondón en el desfiladero—. Matilde..

—Es una mártir. Siempre ha sido una mártir, la pobre.

No esperaba Arturo aquella definición; pero, recuperando la serenidad, se decide a utilizarla en lo sucesivo. La anciana prosigue:

—No sé, no sé cómo pudo enamorarse de ese pobre loco. ¿No lo sabía usted? Pues es tan pobre como loco. Al paso que van, con el socio que tienen, ¿qué va a ser de estos hijos? Alfredo, ese truhán, ha arruinado ya a dos o tres infelices... Y algo más, porque a dos o tres muchachas... Por ese lado no le temo, porque Matilde

—¡Oh, Matilde!...

Arturo da tanto relieve, acentúa con tal ímpetu la exclamación, que no cree necesario destruir su vigor emotivo con una razonable exégesis. Redobla su atención.

—Conozco bien a Alfredo. A mi marido le hizo perder unos miles de duros, en un falso negocio de minas. Y ese hombre no acabará en la miseria, acabará en la cárcel... Aquí viene mi Patricio.

Entra un joven que no ha cumplido los treinta años, de aire desenvuelto y afable. Conserva en su rostro los rasgos bondadosos de su madre, que él, por su cuenta, acentúa irónicamente. Saluda, efusivo, y se sienta frente al desconocido huésped, diciendo:

—Recibimos la tarjeta de Juan Sánchez... ¿Qué le parece el pueblo? Me dicen en la tarjeta que persigue usted las huellas de unos pedruscos románticos. Algo encontrará por aquí. Y si quiere pintura, me parece que en casa de los Vadillo había una tabla... Digo «había», porque la casa se quemo hace unos días.

—No te enteras de nada. La tabla se salvo, porque dos días antes se la habían llevado al nuevo secretario, que, dicen, entiende mucho de pintura. No deben andar muy bien en esa casa. Malas lenguas aseguran que el incendio lo han provocado ellos mismos para cobrar el seguro... También tenían asegurados los muebles. Y vea usted, Arturo: hace una semana les compré yo una sillería que no está mal, estilo Luis XV. Yo, ni entro ni salgo en esas cosas. Ni a usted le interesan, naturalmente.

—¡Claro, claro! –añade Arturo–. Allá cada uno con su conciencia... y su póliza.

—Va usted a ver la sillería, Arturo. La compré porque iba a hacer juego con unos retratos... Pase por aquí.

Entran en un gabinete convertido en museo de familia. La sillería reluce bajo unos espejos y unos cuadros que, efectivamente, completan con sus marcos –de un subido rococó– la caracterización del museo.

—Mi madre tenía un rabioso deseo de presentarle a nuestros antepasados. Usted perdonará esta visita a un panteón. Busca siempre algún pretexto...

—Me interesa mucho conocer a los vivos y difuntos de la casa –responde, sonriendo Arturo.

—Gracias. Pues aquí tiene una familia de médicos –dice la madre–. Mi marido, mi padre, mi abuelo... Todos médicos de este pueblo, como este hijo.

Patricio bosqueja un signo de resignación, y agrega:

—Sí, hemos sido una calamidad pública a lo largo de cuatro o cinco generaciones de enfermos. Pero, ya ve usted, el pueblo nos lo agradece. Ahí tenemos una calle, dedicada a los cuatro.

—A tu bisabuelo.

—¿Qué más da? A nuestro apellido. Lo malo es que, por gratitud, nunca nos decidimos a abandonar el pueblo. Pero yo romperé el compromiso, un tácito compromiso de fidelidad. Me declaro infiel. Voy a presentarme en Barcelona a unas oposiciones.

—Hay que correr la aventura –dice Arturo–. Pero no olvide nunca que Don Quijote fracasó rotundamente en Barcelona.

—Es que Don Quijote iba a redimir la humanidad y yo me limito a curarle el estómago.

—¡Salir yo, a mis años –lamenta la madre.

—Siempre hubo en esta casa una mujer que decía lo mismo. Y, por ella, nadie se lanzó a la aventura. Yo quisiera –añade sonriendo– inaugurar la nueva etapa... Y, ahora, vamos a almorzar. No se resista, amigo mío. Me dicen en la tarjeta: «Almorzará con vosotros». Y todo está preparado. Hay que obedecer.

A la hora del café –y de las sabrosas confidencias– Patricio continúa.

—Y, ahora, en confianza, Arturo... ¿Qué le parece Juan Sánchez?

—Hombre... Yo creo que se pasa la vida haciendo esfuerzos sobrehumanos por ser «alguien».

—Pero no lo consigue. Tiene ya más de cuarenta años y es... un «don Nadie».

—¡Patricio! –replica la anciana–. No hables así de Juanito. Sabe pintar. Esa acuarela es suya. Y ese retrato...

—Podían ser de cualquiera –interrumpe el hijo.

—Tiene algo de mi cara, no se puede negar.

—Algo, lo más fácil –prosigue el médico–; la nariz, la barba... Como si dijéramos las cordilleras de la cara. Pero los valles, las hondonadas, los cauces por donde se transparenta la vida, la vida personal tuya, no están en el retrato.

—Su inteligencia y su dulzura –añade Arturo– no, no están ahí, señora. Apenas están, como dice Patricio, las piezas mayores, es decir, las más expresivas de un rostro.

—¡Si nunca llegó a hacer nada! Lo mismo ocurrió cuando empezó a tocar el violín, cuando escribió aquellos sonetos a Matilde... Por cierto que entonces la llamaba Rebeca. No sé por qué.

—¿Rebeca? –pregunta, sorprendido, Arturo. Pero, rehaciéndose, agrega–: De modo que, ¿también música?

—También. Y acabará por dedicarse a la metafísica.

—Se dedica ya –agrega Arturo.

—¿Lo ve usted? Y quien paga los vidrios rotos es Matilde, esta pobre ilusionada con las ínsulas baratarias que prometen los Juan Sánchez. Porque, si Sánchez equivale a hijo de Sancho, Matilde lo es también. Pero el fracaso ha sido rotundo. No han encontrado más que galeotes y vizcaínos. Matilde –como otras muchas mujeres de España– es un dócil escudero de cualquier lamentable Don Quijote. España está llena de estos caballeros apócrifos, y Sancho es el padre común de una prole innumerable.

—No tan llena, no tan llena –interrumpe la madre—,

porque durante esas cuatro o cinco generaciones que tú dices, las mujeres de esta casa, excepto Matilde, se han negado a seguir dócilmente a Don Quijote a correr aventuras. Y, por negarse, esta casa prosperó. Y el pueblo salió beneficiado, como puede usted oír, Arturo, a cualquier vecino de Los Olmos. Y no tendremos escudo propio –ni falta que nos hace–, porque el de la puerta lo trajeron de no se sabe dónde, pero hay docenas de familias pobres que nos lo traerían de la misma Jerusalén, si lo quisiéramos. Porque hay un modo de ser «alguien» muy penoso de conseguir, que es «ser de todos».

—Conozco tu romanticismo, y lo admiré siempre, madre; pero no me niegues que en todas las familias aparece el falso genio y en seguida encuentra un hombre o una mujer que sueña al unísono con el héroe. En nuestra familia, apareció no el Don Quijote, pero si el Sancho incondicional, ignorante invencible de su Don Quijote.

—Es que –agrega Arturo– España, como país de hombres de fe carboneril[21], no tiene par. Es una virtud muy española: creer y más creer sin enterarse, sin pretender siquiera conocer a sus ídolos. Falsos ídolos del arte, de las ciencias, de la política, del boxeo, de la mala vida... Porque hay también ídolos del crimen, ídolos presidiables...

—De eso –interrumpe el médico– tienen la culpa los periódicos. Son ellos los creadores de esos falsos ídolos. Es doloroso repetirlo, pero el enorme espacio que dedican al crimen de ayer o de esta mañana puede ser considerado como un ruedo. Como un ruedo al que pueden asomarse miles y miles de espectadores. Desde el centro, nos contempla, y se contempla, el asesino. O el estafador, el

---

21   *Carboneril*: o fe del carbonero. Se dice de una fe a macha martillo, cerril.

truhán, la cortesana, como diciéndonos: «Somos alguien», Tú, infeliz lector, que te levantas puntualmente, para ir al despacho o al taller; tú, que eres apenas un número de escalafón, un brazo más en una fábrica; tú, que eres «Nadie», tienes que tropezar con nosotros, con nosotros que somos «Alguien». La gran Prensa reconoce nuestros derechos a dar la vuelta al ruedo entre las indignaciones del público. Pero estas indignaciones son también aplausos. Aplausos de signo contrario. Gloria al revés; pero, al fin, gloria. Renombre. ¿Qué más da que este renombre sea «triste», según la frase acostumbrada? Nada importa el signo negativo. Por ello no es menos visible la ecuación... Tal vez sus ideas no se encierran en el mismo molde, pero esto da lo mismo. «Ser alguien», ¿Qué más da ser Caín o Abel? Luego, a lo largo de la historia, las simpatías acaban por repartirse entre el verdugo y la víctima, los terrenos por perderse sus confines, las verdaderas causas por olvidarse. Dicen que el mundo se reparte en dos porciones: la de los admiradores de Bruto y la de los admiradores de César.

—El cuadro no es muy alegre.

—Soy médico, y mi deber es atender las enfermedades de España. Conozco, además, muchos casos, porque soy médico forense... Detienen a una muchacha, una rebelde ignorada, una pieza oscura de máquina explosiva. Cuando los periódicos le ceden sus planas gráficas, sus densas columnas, esta muchacha recibe alegremente la luz de la «triste celebridad», saborea golosamente su trozo de popularidad, da la vuelta al ruedo, cosechando miradas de envidia y de lástima. Acaso más de las primeras. Un muchacho es detenido. Acaba de asesinar a no sé quién. Al situarse frente a la máquina fotográfica –frente a la popularidad– este muchacho clava en ella su mirada orgullosa donde cualquiera puede ver las lucecitas de una íntima satisfacción. «Ha salido en los papeles.» Es todo un hombre. Verdad es que a sus costados vigila la fuerza pública, pero nada de esto amengua una fama tan justamente adquirida en el uso del cuchillo o del revólver. El muchacho es primer actor de drama rural o ciudadano. Esto es lo que importa.

—¡Qué horror! –dice la madre.

—Los lectores impresionables –prosigue el médico– olvidan fácilmente que estos héroes de plana de sucesos, previo algún otro relumbre en la de tribunales, irán cayendo nuevamente en el montón anónimo –esta vez más doloroso–, en el de un penal. ¿Cómo no van a olvidar la fugacidad de esta fama, si llegan a olvidarla aún los mismos delincuentes? A veces, tanto les deslumbra que prefieren descubrirse a perderla. Por un día de luz, años enteros de sombra. A veces lo que nos parece vulgar cinismo es una excepcional ambición de ser ese «Alguien» que un día acapara las máquinas de la popularidad. ¡Yo fui quien mató! –dicen a los jueces–. ¿Remordimiento? ¿Insolencia? Es que padecen una crisis de personalidad. La personalidad en muchos hombres no se presenta sino en forma de tumores. Tienen muy poca, y ésta, malignamente concentrada. Son los hombres que producen los contagios. De pronto ese tumor da un estallido. Un gran robo, un asesinato, un incendio. «Nadie» ha pasado a ser «Alguien»...

—Es que ese «Alguien» –interrumpe Arturo– reclama una fama de urgencia. En eso conocemos a los entes vulgares: en que padecen tumores de personalidad, en su sed de aparecer en primer término, aun acompañados de la Guardia Civil, en su codicia de popularidad, es decir, de fama a la vista. Y el origen de los crímenes artísticos...

—Como los de Juan Sánchez –añade Patricio.

—El origen de los crímenes artísticos –continúa Arturo– es asimismo un tumor. Se piensa en codicias de lucro, y en ello se acierta, pero a medias. El delincuente artístico –el que perpetúa uno de esos abominables cuadros o dramas o sainetes– sin duda pensó en una inmediata retribución pecuniaria, pero no menos en dar salida a los humores concentrados en este tumor de la personalidad– No menos pensaba en su fama de urgencia, en ser traído y llevado por las revistas esclavas del llamado «gran público». No calumniemos a tal o cual autor de esas mixtificaciones teatrales: también él tiene su corazoncito, y en su corazoncito un lote de ambición de gloria.

Verdad es que la quiere al minuto, por tanto, muy corta de estatura, pero la quiere. Lo mismo ocurre en toda clase de crímenes «pasionales». A veces, aun el mismo equilibrado y racional estafador busca su ración de fama. Pero. en fin, el mundo periodístico es así. Necesita «sensaciones» fuertes para distribuirlas entre el público afanoso de ellas. Por eso sitúa en primer término esas escenas pintorescas –cuando no muy dolorosas– en que un delincuente artístico es agasajado con un banquete, en que un delincuente de los otros aparece acompañado por la fuerza pública. Tumores de personalidad en uno y otro caso, y no menos dignos –uno y otro– del absoluto silencio, de la sombra absoluta. Unos asesinan el arte musical o literario, otros asesinan a su padre o a un amigo. La responsabilidad de los periódicos es la misma. Son los proveedores de fama y deben distribuirla equitativamente.

—Pero en el caso del ratero o del homicida, la responsabilidad se centuplica. Muchos al ver el banquete glorioso se sentirán en condiciones de escribir también su zarzuelita o su drama rural; no pocos, al ver en los ojos del ratero u homicida tal relumbre de orgullo, se sentirán en condiciones de manejar el cuchillo o la ganzúa. La inmoralidad es semejante, aunque más punible en el segundo caso. Así se llena el mundo de personalidades apócrifas, de usurpadores de la fama. Así se aumenta la población penal. Y se siembra el desconcierto en la historia de la cultura de un pueblo. Para llegar a una valoración de tal o cual engendro musical o literario, ¡cuántos banquetes, cuántos artículos, cuántas opiniones de tertulia hay que ir eliminando! Doradas costras que nos esconden la médula. Frecuentemente la médula era un hueso de alcornoque.

—También ser un alcornoque es «ser Alguien» –replica Arturo–. ¡Bah! Para unos y otros criminales –repito– un régimen de sombra y de silencio. Esos tumores deben ser cariñosamente tratados en la clínica o en la intimidad de una celda o de un taller. Que el falso artista se contente con ser un honesto ciudadano. Y el homicida de gran calibre recorra su judicial trayectoria bien de espaldas al público. Porque uno y otro –esto es lo humano– habrían de tener innumerables imitadores. De pensamiento, palabra y obra.

—El falso artista nunca se contentará con ser un honesto ciudadano. Paseará por todo el mundo su amargura, como un trofeo. Y, naturalmente, amargará la vida de todos los demás.

—Como os la está amargando ahora a vosotros —comenta la madre—. ¿Por qué no sales con Arturo, a ver el pueblo? Pregunta por la tabla. No creo que el secretario la haya adquirido en firme.

—Me interesa preguntar a esos Vadillo si han salvado otros cuadros del incendio.

—No queda más que la viuda —contesta la anciana— y un agregado a la familia, muy parecido a Alfredo. Guárdese de él. Se dedica a negocios turbios. Aquí vino a montar un café cantante...

—Voy a llevarlo hasta la misma puerta donde vive la viuda. Luego, después de ver a un enfermo, volveré a recoger a usted, Arturo.

A los diez minutos, la viuda de Vadillo refiere solemnemente el siniestro:

—No puede usted figurarse. No quedó nada. ¡Nada! Una sillería preciosa que fue de mis abuelos, ahí la tiene hecha ceniza. Una tabla de pintor flamenco, por la que daban cinco mil pesetas, hecha ceniza. ¡Todo, todo! ¡Dios mío! Nosotros, casualmente, habíamos salido. Estábamos en el café, cuando nos avisaron...

Detrás de la viuda, ceñudo, con un enorme bastón en la mano y unos ojos asesinos, buen ejemplar de cinismo y bellaquería, vigila el dogo. Arturo escucha con su faz de niño ingenuo el lento relato de la catástrofe, torpemente amañado entre ambos cómplices. Le divierte ir recogiendo mentalmente las contradicciones en que la vehemente

viuda va incurriendo. Va a perderlo todo, por querer salvarlo todo. De vez en cuando la torpe cronista vuelve los
ojos al dogo, como pidiendo su asentimiento, que él concede pontificalmente, con un gesto de conmiseración...

Cuando aquel folletín utilitario llega a su fin, Arturo
dice sencillamente:

—Lamento mucho no poder adquirir esta tabla de la
que tenía noticia. Soy anticuario, por cuenta de una casa
de Londres... Es la que mejor paga. Muchas gracias por sus
noticias. Buenas tardes.

VIII. Textos vivos

Muy temprano, ya de regreso a Augusta, sigue Arturo bosquejando su informe:

Un ingenuo amanecer de aldea, limpio y desnudo, sin auras ni alondras, sin murmullos sinfónicos en el campo ni nubes teñidas de rosa. Una de estas mañanas en que el sol sale de incógnito, ya cansado de escoltas de nubes amarillas y de orquestas de gorriones. Una mañana color ceniza, todo ceniza muda, neutral, como a quien le da lo mismo el sol que las estrellas, y elige un tono indefinido que borra los confines del día y de la noche. Sólo mi reloj es capaz de asegurarme la verdadera fecha...

—Mi informe va a ser interminable, verdad es que el jefe desea que cada informe sea algo así como una novela corta, pero esta indecisión de los tonos ceniza no va a interesarle mucho. Ceniza... Ceniza... ¡Siempre la obsesión del siniestro!

Arturo destruye la hoja de papel y, en otra, escribe:

Son las seis treinta de la mañana. El tren me vuelca en la estación de Los Olmos, con tres fardos de «Blas Pérez y Sobrino» y una jaula. Es un tren mixto. Un jefe huraño desdeña mi billete y un joven soñoliento arrastra mi maletín. El pueblo dista unos dos kilómetros, y no hay coche. El ferrocarril dejó en un total abandono al pueblo, o viceversa; sólo hay entre ellos un leve contacto, un mozuelo que lleva y trae la correspondencia...

—Esto se prolonga mucho. Creo que la psicología de una estación de tercera clase no va a interesar al jefe.

Arturo destruye la hoja de papel y, en otra, escribe:

Son las seis treinta de la mañana. Desembarco en Los Olmos, Un mozo recoge mi maletín y me propongo comenzar por él mi indagación. Le pregunto. distraídamente, si conoce a la actual propietaria de El Canastillo, y me contesta adormilado que sí. A los tres minutos pretendo arrancarle la confesión del verdadero estado civil de la que yo llamo «siniestrada» en mi lamentable «argot», y él balbuce unas palabras en cierto idioma impreciso, sólo utilizable por sonámbulos. Insisto. Averiguo que esta imprecisión no nace del estado de semivigilia del mozo, sino del dudoso estado civil que...

—Parecen unas memorias íntimas. El jefe debe ignorar mi desprecio por el «argot» de la Casa.

Destruye la hoja de papel; en otra, escribe:

Son las seis treinta de la mañana. Desembarco en Los Olmos. Comienzo mis gestiones preguntando al mozo que me lleva el maletín acerca del estado civil de la siniestrada. Parece que ésta en su conducta privada deja mucho que desear. Su estado civil es poco claro.

Avanzo por un caminito empapado de jugos matina-
les. Los Olmos me sirve un amanecer en su propia
salva. El rocío me empapa las rodillas. De vez en
cuando, una zarza me hace cariñosamente guiños.
me sujeta por la americana, me hace entablar una es-
caramuza infantil con ella. El paisaje me ofrece su
sentido hostil aunque de una suave hostilidad. Las
zarzas son jóvenes, son blandos sus dedos apenas sus
uñas han comenzado a afilarse. Es un sendero verde,
amarillo y violeta, todo embozado en tules ceniza. La
ceniza lo traspasa todo...

—Ceniza... ¡Siempre la obsesión del siniestro! Además, el jefe va a reírse de mi sentido de hostilidad del paisaje.

Otra hoja de papel hecha pedazos. Cuando comienza
la quinta, un disparo, otro, otro. Toda la fonda se estremece. Arturo corre al balcón.

Abajo, comienzan a correr las gentes. Primero, su actitud es la huida. Poco después, de pesquisa. Por fin, de curiosidad. Los que huían, vuelven; los que giraban en derredor la vista, la fijan en un punto; todos se van apiñando.
Fluyen de todas las calles, salen de todas las puertas, asoman por todas las ventanas, gritan en todos los tonos. pro-
testan, alzan los brazos...

—¡Señorito, señorito!

—¿Qué ocurre?

—¡Dos hombres muertos!

—¿Dónde?

—Ahí abajo. En esa esquina. Eran dos de la luz... ¡Ay,
Dios mío!

Circulan diversas noticias que Arturo envía a buscar,

para obtener una versión aproximada del suceso. Efectivamente, acaban de asesinar a dos empleados del Municipio, «por cuestiones políticas» –dicen– cuyo alcance no puede Arturo precisar. «Se querían hacer dueños de todo» –dice un transeúnte–, sin que Arturo pueda enterarse de quiénes son los que sentían tal apetito de mando, los asesinos o las víctimas.

Arturo presencia, desde el balcón, la conducción de los cadáveres a una farmacia, ve cómo la muchedumbre se agolpa, cómo irrumpe en nuevas oleadas. Pronto se llenan todos los claros; la plaza está cuajada de cabezas vibrantes, de ojos que chispean, de puños que se levantan pidiendo justicia. Se inician al punto en ella los vaivenes de un mar.

Embestidas, corrientes bruscas, contracorrientes. Una espuma de sombreros, de cráneos mondos, de pañuelos. Asoman las menudas tragedias que siempre corean a la grande: violentos pisotones, llantos de niño perdido, codazos impertinentes.

Una joven se siente foco de un remolino de presiones táctiles; un grupo de mozuelos ruge en torno de ella, a un tiempo azorada y envanecida. Guardias a caballo recorren el recinto: gran lujo de atuendo, porque la noticia les alcanzó en pleno traje y espíritu diario.

Precipitadamente estos hombres se han vestido un traje de luto, y se han compuesto una faz de circunstancias. Cruzan la muchedumbre con un aire dolorido, con un gesto dramático provisional. Las gentes les abren paso, repiten sus nombres –el presidente González, el teniente alcalde Pérez...

En cada calle, una fila de tranvías detenidos contemplan el oleaje. La multitud crece, no cabe ya en la plaza y comienza a enroscarse a los postes, a rebasar por las terrazas, a invadir los tranvías. La multitud convierte la plaza en un circo máximo, cuyas localidades improvisa, como los asesinos han improvisado el espectáculo.

De pronto, unos hombres audaces surcan las olas con un frágil esquife cargado de imágenes. Son operadores. Van a recoger, a prender en sus cintas aquella espléndida fiebre humana. Se instalan en un ángulo de la plaza luego en otro. Aquella multitud no perecerá, no se destruirá al disgregarse. Giran los manubrios.

Las gentes se dan cuenta. Se rehacen. Comienza en ellas a perderse la espontaneidad. Se preparan a cruzar por la pantalla. Una muchacha se adereza el pelo, otra se fija escrupulosamente un clavel, aquélla se abre algo más el escote. Algún mozuelo se engalla, enciende un puro, se ladea el sombrero.

La muchedumbre recibe de golpe esta profunda impresión. ¡También ella es espectáculo! Y se dispone a serlo. Se inventan sonrisas, se avivan miradas, se atusan rizos, se ensayan posturas. Se olvida que se prepara un espectáculo donde cada espectador puede ser un personaje.

Arturo mira con los gemelos. Recorre los racimos de cabezas que irrumpen en el terreno batido por la máquina. De pronto, en medio de un grupo, ve surgir la cabeza de Juan Sánchez. Juan Sánchez que se adelanta hacia el aparato, que lo mira gravemente, que vuelve a pasar y a mirar. Siempre al frente del grupo, como su quintaesencia. Fiel extracto de multitud, ente representativo, delegado insigne de la masa.

Arturo siente al ver a Juan Sánchez una gran lástima, como la sentiría al ver a un leproso. Con tal atención fue siguiendo las fases de aquella íntima llaga que lentamente corroe la existencia de su amigo.

Para no ser visto por Juan Sánchez, Arturo se aparta del balcón. Vuelve a su informe. Los periódicos le enterarán del resto del suceso. El Cisne aguarda el resultado de una investigación. Arturo comienza otra vez sus notas:

Las seis treinta de la mañana. Me apeo en Los Olmos. Comienzo mi investigación interrogando al mozo que conduce mi equipaje. Dista el pueblo cerca de dos kilómetros. Al llegar al pueblo, comienzan a parpadear las ventanas; a gemir los goznes, a sonar las campanas, a asomar caras frescas de muchachas...

Arturo rompe esta hoja. Y la siguiente. Aburrido ante aquella impotencia, se decide a abandonar su informe. Le es imposible llegar al escenario del siniestro: lo detienen todas las mujeres, todas las ventanas, todos los pájaros de Los Olmos... Esperará la correspondencia. Ha visto el cartero forcejear entre la multitud, llevando en alto el paquete de cartas.

—Dos certificados —entra diciendo el cartero. Y deja sobre la mesa otras cartas y algunos periódicos—. ¿Ha visto usted, don Arturo? Cosas de la política... ¡Esto se tiene que acabar!

—Creo que ahora empieza —agrega distraídamente Arturo, mientras firma en un cuaderno.

—Pero, así no se puede vivir.

—No, no se puede. Pero al hombre que apetece un mando —y en eso consiste la política— ¿qué le importa la vida de usted ni la mía? Los ciudadanos se convierten en peones de ajedrez. Tantos caen de una parte, tantos, de otra... ¿Qué más les da a los jugadores, siempre que logren dar jaque al rey, al poder máximo del otro? La vida de un pueblo es una cosa, la política es otra muy distinta. Pocas veces van de acuerdo. Pocas veces el pueblo es escuchado.

—¿Y sus representantes?

—Se escucha a los representantes, pero no se escucha al mismo pueblo. Suponiendo que haya representantes, porque, en general, sólo se representa a un partido, que no es igual.[22]

—Tiene usted razón, don Arturo. Hasta mañana. Veré si me dejan salir. Se ha reunido abajo toda la ciudad.

Abre Arturo –nerviosamente– las dos cartas certificadas. Una de ellas, escrita a máquina, va firmada por Rebeca. Algo anormal ocurre a Matilde desde la noche memorable en que la conoció dentro de su verdad doméstica. Han transcurrido diez días sin haber logrado verla. Ni en la calle ni en la intimidad... La carta es breve. Arturo la devora en un instante:

> *¡Cuánto tengo que decirte y explicarte, querido! Sé muy bien que desde aquella noche he descendido mucho ante tus ojos, pero si me oyeras –¿cuándo podremos hablar extensamente?– se desvanecerían todas tus equivocadas ideas sobre mí, me conocerías mucho mejor si es que has empezado a conocerme. Probablemente no te has dignado hacerlo, aunque sí te hayas dignado regalarme el placer de tu charla y todos los demás que siempre he de agradecerte. Por alguna culpa debo pedirte perdón, pero esta culpa, si de ella conocieras las causas –muy penosas de decir– ¡cómo la*

---

22 En estas reflexiones políticas, Arturo expresa ideas compartidas por el autor, en aquellos años de encono y enfrentamientos partidistas de la República, y expuestas en libros de ensayos escritos en aquel entonces, *Fauna contemporánea* (1933) y *Feria del libro* (1935).

*perdonarías! ¡Cómo me perdonarías si conocieras las
tristezas de mi vida, que comenzaron hace tiempo,
muchos años antes de conocerte! Verías, entonces,
cómo obré siempre guiada por el amor, por un gran
amor Estos últimos tiempos, por el que siento hacia
ti, y que tú no acabas de comprender...*

Arturo empieza a oír una dulce voz, que viene de Los
Olmos. «Matilde es muy buena...» ¿Qué mujer es ésta que,
sorprendida en plena infidelidad –en una doble infidelidad–, habla de su gran amor? ¿Qué mujer es ésta cuya
bondad certifica –y con tal vehemencia la mejor testigo?

Arturo acababa de leer:

*No dejes de venir. No puedo dejar de verte. Me es im-
posible ir «allí», contigo. Tengo miedo a que mi
amor pierda «allí» la poca altura que le queda ya a
tus ojos. Pero yo conseguiré devolverle su verdadera
estatura. Quiéreme..*

Arturo vuelve a leer la carta. Algo, muy desde dentro,
le dice que ha tropezado con la verdad, con una verdad
muy triste. Que está frente a un texto vivo, a una vida
amorosa acribillada por contradicciones que él aún no conoce, que él debe conocer muy pronto, aunque este conocimiento lo sumerja en plena aventura, lo encienda en un
ansia de padecer juntos...

Le acomete un vivo deseo de reír. ¿Y si todo fuese una
comedia, una red? El escepticismo de Arturo, que ya había comenzado a resquebrajarse, aprieta más sus bloques.
Una carta de mujer no debe provocar el deshielo de un
alma... Arturo cree que disfruta de un alma en el cero del
termómetro pasional.

IX. Viraje histórico

Arturo, paseante absorto en su matinal meditación, se va repitiendo estas dos preguntas: «¿Qué fue hasta ahora Matilde para mí? ¿Qué ha comenzado a ser desde mi viaje a Los Olmos?»

A la primera, se contesta rápidamente: «Una sensación placentera, periódicamente renovada».

A la segunda, vacila en contestar. Como si toda la dinastía de médicos que acaba de conocer le hubiese recetado un régimen de vida mental –y emotiva– más sano, más en equilibrio.

Ni la frivolidad ni la obstinada congoja, en trances del sentimiento. Ni resbalar por ellos ni hundirse como cualquier incauto Romeo.

Al fin, apunta la segunda respuesta: «Desde ahora, Matilde constituye para mí la más seria preocupación».

No se había dado cuenta de la existencia de Matilde, apenas la había considerado como un paisaje de primavera, del cual, a menudo, arrancaba alguna voluptuosa flor.

Iba y venía por el mundo obedeciendo –inercia, holgaza-
nería espiritual– a viejas definiciones y pautas, cuando ya
dentro de él se había sólidamente elaborado un nuevo y
más claro concepto de Matilde y de la vida pasional de Matilde. Lo conoce en el turbión de dudas que le acomete; dudas agresivas, que le hieren como nunca le hirió ninguna
duda, ni aun las mismas que le venía suscitando la dudosa conducta de Matilde.

«¿Es que comienzo a sufrir mi condena por delitos de
amor vacío, de placer sin amor?» –piensa Arturo–. Pero
se calumnia aturdidamente. No son delitos de frivolidad,
son culpas de simple atolondramiento. Son las eternas culpas de Epimeteo[23] o el que piensa después».

En algún tiempo, se preguntaba Arturo: «¿Cómo llenar de intimidades dos horas de total intimidad con una
mujer?» Porque es bien sabido que, en la mayoría de los
casos, esas horas se llenan con las intimidades de los otros...

—¿Cómo llenaba aquellas dos horas Matilde? –se
preguntaba hoy Arturo–. Pues, no las llenaba con intimidades ajenas. Acudía a mí mismo.., decía: «Cuéntame tus
cosas». Aun sabiendo que yo iba a amontonar sobre ella risueñas historias vacías de sentido. Cuando se dio cuenta,
seguía reclamando dulcemente aquella hojarasca reluscien-
te. «Cuéntame historias» –repetía–. Y acudíamos a los
cuentos, a una vida prestada; o a la mía, pero la más exterior, con tal de que fuese pintoresca, jovial. Ella misma se
llegó a contagiar de mi atolondramiento.

Ocurrió una tarde que, durante media hora, sólo habló de todo cuanto había comido aquella semana: una
charla interminable sobre salsas, postres, guisos fuertes y

---

23 *Epimeteo*: personaje de la mitología griega, hermano de Prometeo. A diferencia de Prometeo (quien podía ver el futuro), Epimeteo veía con retraso cosas que ya habían acontecido. También aparece evocado en *Paula y Paulita*.

platos de gran fuste. ¿Cómo no me di cuenta de que todo aquello era un pretexto para disimular una terrible preocupación? Recuerdo que le recriminé tanta frivolidad, y ella cayó en un silencio pavoroso, como el que cae verticalmente de las nubes.

Matilde cesó de hablarme, pero entonces pude escuchar plenamente su triste silencio. La creí entonces vacía de verdadera intimidad, fatigada, sencillamente, por el goce, pero ¡qué lejano estaba yo de la verdad! Me había dado, en suma, una lección de piadoso histrionismo, que yo nunca he sabido aprovechar. Con su fino instinto de hembra que se sabe ya demasiado gustada, quería sin duda evitarme el espectáculo de su profunda tristeza...

Aquel día se asomó a los bordes del pozo, la verdad; pero yo apenas me di cuenta. Estas verdades se advierten «después», siempre «después», cuando probablemente ya nada queda por hacer, cuando la verdad se esconde para siempre en lo más hondo de un alma...

«Verías, entonces –dice en su carta–, cómo obré siempre guiada por el amor, por un gran amor.» ¿Cómo no acerté a comprenderlo?

Sin darse cuenta ha vuelto a leer la carta de Matilde, escrita a máquina, como para disimular, bajo las letras de uniforme, la desnudez de un alma. Sin darse cuenta, va a sentarse ante el mismo velador desde el cual la vio cruzar el día en que conoció a Juan Sánchez. De pronto, se alza entre el velador y la hilera de pilastras la sombra de un camarero, a quien, como aquel día, le pide Arturo un cóctel de ginebra.

Súbitamente unos ojos brillantes de júbilo resbalan

por la carta de Matilde, empañándola de sombra. Son los de Juan Sánchez, incapaz hoy de captar ninguna corriente emocional que no sea la que fluye de otra carta que blande como una bandera capturada al enemigo. Arturo recoge la suya, nerviosamente... Siempre aquel hombre fatal, perturbándole la risueña lumbre meridional del aperitivo!

—Felicíteme, Arturo.

—¿Por qué?

—¡He aquí mi salvación!

—,Dónde?

—En esta carta. Léala, léala.

Es de la condesa viuda de Monte Azul. Invita a Juan Sánchez a visitar una antigua finca de los condes, situada a pocos kilómetros de Augusta.

—No comprendo.

—Es muy largo de contar. Esa finca está llena de misterios.

—Como todo.

—La tenían olvidada los condes desde hace muchos años, desde la juventud borrascosa del conde... ¿Comprende? Esa finca, escondida ahí entre robles, entre cerros, era el refugio galante de don Juan de Monte Azul. Porque se llamaba don Juan.

—Como cualquiera.

—Es que importa, me importa mucho que se llamase así. Porque ese don Juan... ¡era mi padre!

—¿Cómo?

—No tengo aún pruebas concluyentes, pero lo presiento, lo voy viendo clarísimo. Porque verá usted...

El júbilo ha transformado su rostro, le hace precipitar locamente el relato. Se atropella, quieren las palabras brotar a un mismo tiempo. Es un relato enmarañado, sobre el que flota, como un globo grotesco, una afirmación lanzada al aire con la máxima audacia, con una irrefrenada alegría:

—¡Soy hijo de...!

Juan Sánchez va descendiendo al sótano más profundo de sus deseos. Ha acariciado durante mucho tiempo esta voluptuosidad de ser el fin de una vehemente aventura, no el eslabón de una cadena doméstica burguesa.

Ha soñado con ser fruto del deseo, no de la costumbre. Quiere tener tras de sí una cadena formada con todos los metales –plata de nobleza, cobre plebeyo, hierro de tizonas, oro fino mental–. Quiere tener por ascendencia guerreros, poetas, cortesanos, garridas mozas plebeyas de anchas caderas, gañanes de robusto pecho, reconstituyentes de los fláccidos linajes. Quiere llevar en su sangre todas las posibilidades del genio, todas las borrascas subterráneas, capaces de hacer surgir en la superficie de la tierra una maravilla vegetal, o un ejemplar magnífico de bestia, un espléndido hombre resumen, una síntesis humana original.

—Porque yo sé –sigue diciendo atropelladamente Juan Sánchez– que una plena confianza en mi yo interior, en esa cadena de yos interiores, ha de empujarme a desarrollar algún escondido, hasta hoy insospechado, germen de personalidad. Yo la tengo, ya tengo esa fe. Conocer, como ya comienzo a conocer, cuál es la verdadera materia de que estoy fraguado, es el acontecimiento más decisivo de mi vida, el más risueño, el más consolador.. Fíjese bien. Arturo. ¡Soy hijo de una noche de locura! Acaso de la ramera más hermosa del contorno, acaso de una patética violación, quizá de una joven púdica que comenzó aquella noche a enloquecer de amor… porque el conde era un ladino, un experto catador de bellezas.

—Pero de esa carta no se desprende...

—Se desprende. Yo sospechaba alguna cosa. Cartas, alusiones, desemejanzas... Siempre creí no ser hijo de mis padres y eso para mí fue siempre un vago lenitivo. Lo conozco en que siempre he despreciado a los que legalmente aparecen como antecesores míos en el mundo. Unos miserables tenderos. Lo conozco en que los gastos de mi educación no correspondieron nunca a la posición económica de mi falso padre. El conde de Monte Azul medió siempre como protector... Dicen que conocía a mi padre, desde niño. Que mi abuelo fue ayuda de cámara del primer conde de Monte Azul. Que mi madre...

—Pienso que, al menos, respetará la memoria de su madre.

—¿Por qué?

—Es sagrada. Así lo dicen.

Juan Sánchez ríe nerviosamente. Sagrada Un delicioso animalejo tomado al pasar por un robusto macho estrujado, exprimido, hasta agotar en él todas las venas del goce, hasta apurar el último poso del deleite... ¡Sagrado! Una encantadora bestia, erizada de caprichos, estremecida de sensualidad, vibrante de lujuria, de cínica lujuria. Una espléndida máquina donde tirar docenas de ejemplares de hombres[24]. Un aparato de reproducir, que luego olvida lo

---

24 En esta tirada contra la sexualidad reproductiva, tan mal parada en su obra, parece haber ecos autobiográficos, ya que el padre de Jarnés, en dos matrimonios sucesivos, tuvo 22 hijos. En los «Cuadernos íntimos» del autor hay ecos de insatisfacción respecto a esto.

reproducido, que lo entrega a manos mercenarias... Eso, ¿puede ser sagrado?

Arturo no quiere interrumpir el frenético chorro. Va conociendo a jirones la historia del advenimiento al mundo de Juan Sánchez; historia supuesta, porque la carta nada prueba definitivamente. Juan Sánchez quiere vislumbrar en ella toda una razón de vivir. Cree haber encontrado un firme zócalo para edificar una existencia personal. Piensa en razones científicas que le ayuden a soportar la pesadumbre de su calidad de masa, que le empujen a asomar la cabeza sobre la multitud.

—Yo sé que entre mis ascendientes hubo guerreros, poetas, cortesanas, filósofos. Algo de su espíritu habrá llegado hasta mí. Me siento hervir en proyectos, en gérmenes de aventuras.

—Puede usted equivocarse de antepasados. En la carta no veo claro.

—Estoy seguro, quiero estar seguro. Mañana se confirmará todo. No me engaño, no quiero engañarme. Otras veces he descendido hasta el sótano y sólo hallé raíces triviales, despojos comunes...

Porque él lo sabe, Juan Sánchez. Lo leyó en un libro. Desciende uno a escudriñar en su propio subterráneo y puede encontrar varias capas. Él siempre tropezó con esa era en la que los peces aprisionados son comunes a toda la Humanidad.

Así comenzó su lectura. Por eso su vida fue un prolongado martirio. Él era cualquiera de los demás, puesto que sólo había sido uno de tantos. Con sus mismos impulsos, con sus mismas experiencias, con sus mismas anécdotas representativas.

Había deseado a la mujer, la había gozado, como todo el mundo. Había deseado ser rico, se había enriquecido, como todos sus semejantes, colocados en feliz o adversa coyuntura. Encontraba en esa región subterránea la misma admiración por la «Cena», el mismo respeto a Víctor Hugo que siempre vio en los demás mortales. Si se detenía un poco, en seguida flotaba la misma frase, colectiva ante el «Cardenal» de Rafael, ante la *Venus* de Milo, que oyó pronunciar un millar de veces en los museos. Regresaba furioso de esa zona hacia donde le empujaba no sé qué instinto de docilidad, de obediencia al gran ejército sin nombre.

—Pero hace unos días...

—¿Perdió usted la llave del sótano?

—No, me detuve en otro piso. Yo lo sé, yo lo he leído. Había otro piso. Otro piso más noble. Con las mismas tinieblas, con el mismo hervor, con el mismo laberinto; pero allí me cogieron del brazo fantasmas totalmente desconocidos, tropecé con larvas de pensamientos, de deseos originales... Nunca había conocido ese germen del odio a la máquina de carne que nos produjo. Advertí que tal odio no es colectivo. Creí que por él comenzaba a redimirme del ideario común. Creí también que ese germen fue por alguien, por algo, depositado allí. No flotaba en vano entre mis larvas ideales. ¿Iba a ser una broma de los poderes cósmicos ese grano de sal? ¿Por qué iba yo a ser la masa a quien, por una coquetería de los dioses, se le concede un momento al darse cuenta de su condición de masa? Sería tan cruel como darle al barro la chispa de sabiduría para que conociese su distancia del jaspe. Los dioses, si existen, no pueden ser tan crueles.

—Creo que existen. Es algo que también flota en esa zona común: la fe en los dioses. Pero también hay allí indicios de su crueldad.

—Mañana lo veremos. Venga conmigo a Monte Azul. Es un caserón que casi nadie ha visto. Recuerdo haber estado allí, muy niño, con mi padre, el tendero. Ha estado cerrado mucho tiempo. La condesa quiso restaurarlo, pero su marido no se precipitó a acceder a los deseos de ella. El caserón era un testigo de su vida mejor: no quería destruirlo, al restaurarlo. Así quedó hasta su muerte. Ahora, no sé... ¿Vendrá conmigo?

—Iré.

—Iré a buscarlo a las siete de la mañana. Regresaremos pronto, en cuanto conozca todo mi pasado. Glorioso, ya sabe por qué.

—Que así sea. Y, ahora, brindemos por la resurrección histórica de los Monte Azul. ¡Por la afirmación de Juan Sánchez y Sánchez en el mundo de los vivos!

—Y en la historia. Conocerá a mis antepasados. No quiero abrir mi Enciclopedia. Quiero conocerlos en vivo.

—¿En vivo, o pintado en una galería, o a lo largo de un salón de baile?

—La historia viva está toda pintada. Algo quedará de ellos bajo la pintura, o tal vez, en sus papeles.

—Brindemos, pues, por su crónica retrospectiva. Me comprometo a hallar un genio que la escriba.

—¡A la salud de un glorioso bastardo! –acaba por decir, ya frenético, Juan Sánchez.

—Ellos han producido la mejor historia. ¡A su salud!

X. Galería de paisajes

Mañana de estío. Arturo y Juan Sánchez salen al campo, embutidos en un coche de alquiler. Apenas son las siete. Juan Sánchez no ha desayunado. Pasó la noche asomado al balcón para saludar el primer atisbo del amanecer. Se remueve en un asiento con una inquietud que no pretende ocultar.

Para Arturo, el viaje es una pintoresca excursión al pasado de Juan Sánchez.[25] Para Juan Sánchez el viaje es un examen riguroso de su propia personalidad. Por eso, aguarda su calificación con la máxima impaciencia. ¿Es en efecto, Nadie»? ¿Puede llegar a ser «Alguien»?

El coche avanza entre chopos vendados, ceñidos por debajo de las rodillas con una faja blanca: un paisaje ortopédico. Van quedándose atrás chiquillos, perros, yuntas, carros de mies, arrieros, bicicletas, pesados camiones; pero Juan Sánchez querría dejar atrás el mismo coche.

A través de los chopos, montañas. Cimas de color de rosa; colinas redondas, que blanquea un rebaño; ondulan-

---

25 *Pasado de Juan Sánchez*: sobre esta excursión rural, Carlos Ramos escribe un agudo apartado, «El contraste campo-ciudad como metáfora de pasado y presente», en su libro, *Ciudades en mente* (130-133).

tes, voluptuosas caderas de color de trigo cráneos morenos, grises, amarillos, erizados por la siega reciente; rastrojos salpicados de ababoles[26], de mielgas moradas[27], de cardos.

Laderas aún verdes, de olivos, de viñedos, de alfalfa; senos de ámbar, rayados por venillas ocres, por senderillos que abren las ovejas por donde resbalan los recentales[28] hacia lo profundo de la curva.

Montañas dormidas al sol. Bruscas y rojas vertientes; un gigantón ha rebanado la tierra. Sus tajos le duelen al campo, rezuman por él su esponjosa entraña.

Más lejos, grupos enormes de centauros, hombros de cíclopes que rozan las nubes. Montañas violeta, montañas azules, montañas de todos los colores inefables, de todas las curvas imprecisas. El horizonte. Perfil último y borroso.

Arturo considera tres, cuatro paisajes. Uno les va hostigando con las ramas. Paisaje humorístico, de clínica, de algodón en rama. Luego el paisaje real con sus duros relieves, inatacables por el ácido inútil de la ironía, anuncio de un fértil subsuelo, de una entraña opulenta. Y el paisaje de ensueño, intangible, fugitivo bajo las ruedas, que va dando brincos hacia atrás, sonriendo melancólicamente, fino, sutil, levemente burlón, de colores elaborados por el aire y la distancia.

Y, por fin, el remoto paisaje apenas vislumbrado. Lo permanente, que no sabemos si existe. La bruma que flota detrás del horizonte, de la que ya no sabemos si es bruma, si es nube, si es nada.

Avanzan en silencio Arturo y Juan Sánchez. Arturo va pensando en el camino, Juan Sánchez en el término del

---

26 *Ababoles*: amapolas.
27 *Mielga morada*: planta usada para pastos y forraje.
28 *Recentales*: corderos recentales, los que no han pastado todavía.

viaje: brecha abierta hacia la cueva donde es elaborado su destino, Arturo va situando en cada paisaje un índice humano. Va escalonando —como en los retablos de gloria— todos los hombres y mujeres que conoce.

Plano humorístico, plano desnudo y permanente, plano brumoso y fugaz, plano irreal, ilusorio.

En cada uno va situando espíritus. Los más próximos no sufren tanta cercanía. No podemos verlos en plenitud, y andamos buscándoles una arista divertida que nos compense de la ignorancia del resto. Son los entes familiares, los más desconocidos. Una deformación nos lo esconde. Como de estos chopos sólo vemos su risible faja ortopédica, de un hombre sólo solemos ver su ceceo, su cojera, del cuerpo y del espíritu.

Los del segundo escalón, sí podemos verlos. Son los que giran en derredor nuestro dentro de los aros de nuestra intimidad. Intimidad: sagrado y claro recinto. Sólo con su luz podemos ver reflejada en un rostro la inquietud de una mano que se prende a la nuestra; sólo dentro de su silencio podemos medir la vibración de un pulso paralelo al nuestro.

En la tercera zona los seres van apiñándose, un poco desdeñados, borrosos, movedizos, cediéndose unos a otros los perfiles. No tocan los confines de nuestra intimidad, los vemos pasar un momento y desaparecer en la última zona, en la remota cadena de seres que gira en derredor nuestro, en el mismo límite de nuestra vida, donde comienza para nosotros el no ser, en el punto donde todo vacila o muere. La cuarta zona es el país de la abstracción.

Arturo va instalando a sus amigos en el nuevo casillero. A Juan Sánchez, en la zona inmediata de la familiaridad; a este Juan Sánchez de quien sólo conoce su angustiosa inquietud que, a fuerza de subrayársela, llega a ser cómica, pintoresca, como toda prolongación desmesurada de un brote emocional. Le ha nacido en el espíritu un tumor, que la vida no pudo hasta hoy extirpar. Se le ve, lleno de ansiedad, chispeantes los ojos de impaciencia para llegar a ver clara su nebulosa cuna.

—Faltan seis kilómetros.

—No corra tanto. La carretera no está buena. Frene un poco.

A Matilde la instalará en la región de la intimidad, donde la reiterada concentración del espíritu, todo lo va viendo rasgo a rasgo, gesto a gesto. Por eso, de la intimidad se retorna bruscamente, se arranca el espíritu inexorablemente, cuando un gesto o una palabra desnuda al otro espíritu.

La familiaridad es una estación que puede tomarse o dejarse a capricho. En ella podemos salir y entrar cuando queramos. Pero en la intimidad sólo dejamos penetrar a los demás una sola vez. Cuando resiste la prueba, allí permanecerá siempre; si no la resiste –si no la resistimos–, la expulsión es definitiva.

¿Cómo podrá Matilde abandonar la intimidad de Arturo? Llegará un día en que se dejará comprender tan dócilmente que le salve su propia claridad. Arturo se deja mecer por un blando optimismo. Si no estuviese presente Juan Sánchez, releería las dos cartas de Matilde...

Porque ayer recibió otra, breve, nerviosa, llena de ansia apenas bosquejada... «Siempre la expresión queda por debajo del deseo –le dice Matilde–. Paso el tiempo buscando la fórmula más breve de mi apasionamiento.» Matilde será redimida de todos sus punibles naufragios... Pero, ¿en qué fundamentos apoyará su defensa? «Me faltará siempre tiempo –dice— para revisar juntos mi proceso.»

Arturo rechaza sus aventurados juicios sobre Matilde. Algún día pensó: «Matilde busca al hombre integral, imposible de juntarse en un solo individuo. Unas veces se entrega al campeón en luchas del espíritu, otras al campeón en luchas de la carne...» ¡Qué equivocación! También pensaba: «Matilde descansa de ambas vehemencias, alternativamente... Juego infantil y peligroso. Sabe cederse a dos fuerzas que la atraen poderosamente, a espaldas de este ser borroso que sólo persigue –sin conseguirlo nunca- el fantasma de sí mismo. Hombre a caza de su sombra.»

Pero estos juicios acerca de Matilde no podían sostenerse en pie. Eran apenas un frío esquema al que nada respondía fuera de una suerte caprichosa, aturdida... Vano empeño de asignar al amor tres direcciones...

Le interrumpe Juan Sánchez, que pregunta al conductor:

—¿Falta mucho?

—Algo más de dos kilómetros. Pero podremos seguir por esta carretera. Hay que tomar un camino vecinal intransitable...

—¿Y la finca?

—Está allí a mano derecha, detrás de aquellos chopos.

—Sí, me parece verlos. Pues iremos a pie, ¿verdad, Arturo?

—Naturalmente. Usted nos aguarda por aquí. O deje

que guarden el coche esos labriegos. Tal vez nos retrasemos mucho.

—Aquí les aguardo.

Por el caminito vecinal va avanzando lentamente hacía los viajeros el enmohecido caserón de los Monte Azul. Llega con la boca abierta amenazando engullirse a Juan Sánchez.

Deben estar polvorientas sus entrañas, su corazón estará amojamado, apergaminada su lengua. Se van viendo los ojos del monstruo, sus ventanas desportilladas, la visera de su casco rojo. La enmarañada pelambre de hiedra que cuelga por sus sienes.

Una docena de chopos altísimos escolta a la desmoronada mansión. Una tapia de ladrillo la ciñe. Hay alguien cerca de la verja, un campesino que poda unos rosales.

—Y la condesa?

—Vuelve en seguida del pueblo. En casa les dirán.

En el vestíbulo surge la negación de aquel paraje: la doncella de la señora, una deliciosa muchacha con atisbos de bulevar, con guiños pícaros de cabaret, con la vivacidad de charla que nunca puede aprenderse en el campo, siempre lento, sin prisa.

—Pues, verán ustedes, la señora condesa salió muy de mañanita al pueblo...

—Esperaremos.

Entran los dos en una sala. Juan va delante, conmovido, concentrada en los ojos toda su vida. Frente a él, dentro de un marco de roble, le mira fijamente un militar.

—¡Yo!

—¿Cómo?

—Mire. ¡Soy yo! ¡Yo mismo!

Allí está Juan Sánchez, erguido altaneramente, con la mano en la empuñadura de un sable. Hay una desoladora expresión de vacía arrogancia en sus pupilas. Cuelgan en su pecho unas medallas. Se empina su bigote. Su uniforme impecable, acusa el corte más fino.

—Cierto. Se le parece mucho.

—¡Soy yo! ¡Yo mismo!

Juan Sánchez contempla un largo rato al militar de la mano en el sable. Al volver los ojos hacia la derecha, no puede contener un grito:

—¡Yo! ¡Soy yo!

—¿Quién?

Allí está Juan Sánchez con la mano en la pluma, posada sobre un montón de volúmenes. Sus ojos miran al mundo compasivamente, como desde lo alto del Parnaso.

Arturo lee en el lomo de algunos libros: Cervantes, Dante, Milton... Una gran corbata negra subraya el rostro pálido de aquel Juan Sánchez olímpico, lamentable. Sus guedejas sombrías se enmarañan un poco. Posa junto a una ventana y el viento le mece el pelo y le trae «ráfagas de ardiente inspiración».

El tercer Juan Sánchez lo descubre Arturo. Se asoma al cuadro de la izquierda. Abate los ojos sobre un plano. Su mano se apoya en una rueda.

—¡Es usted mismo!

—¡Yo, otro yo!

Un hombre de ciencia, un inventor. Sobre la mesa, una esfera armilar, cartas geográficas, una miniatura de máquina trilladora, una escuadra, un paralelepípedo. Sus ojos, sin brillo, contemplan un ángulo rojo trazado en el papel.

—Tiene usted entre sus antepasados hombres de ciencia, poetas, caudillos. Le felicito, Juan Sánchez. Puede usted ir licenciando sus dudas. El pasado le guardaba sorpresas. Hará de usted un hombre original. Todos los gérmenes están aquí, en estos muros.

Juan Sánchez contempla, abrumado, el bosquejo de trilladora mecánica; el paralelepípedo.

—¡Una trilladora! –murmura——. La misma que yo quise inventar hace seis años.

—No le sorprenda. Seguramente, ese poeta que ahí está recibiendo un chorro de ardiente inspiración, comenzaría a escribir las quintillas que usted ha terminado ayer.

—¿Se burla usted de mí?

—Todo se burla de nosotros, Juan Sánchez. El único partido serio para nosotros es tomar parte en la burla.

Se sientan bajo una panoplia donde se enmohecen algunas espadas sin gloria. Hojean un volumen donde amarillean ristras de sonetos, silvas y aleluyas.

—¡Qué espléndido libro para una antología de lo cursi!

—Deben de ser de mi abuelo. Lea algún verso.

—Éste. «A tu pelo.»

> *Si eres de miel, ¿por qué tu amor amarga*
> *Si eres de cera, ¿por qué no te derrites?*
> *¿Si con el sol en abrasar compites...*

—Seguiremos leyéndolo más despacio –interrumpe Juan Sánchez–. Retire ese álbum, Arturo. Esperaremos aquí resignadamente la llegada de ese misterioso persona-

je vivo a quien está confiada la misión de ponemos en comunicación con los difuntos. ¡Con mis difuntos!

Y ríe sarcásticamente.

—No puede tardar –añade Arturo, por decir algo.

—Esa condesa invisible que a la hora de llegar yo,
tuvo la delicadeza de ausentarse... ¡Qué incertidumbre!

Y se deja caer, como un guiñapo, en un desteñido butacón. Se oye un doloroso crujido. El butacón, muy poco
preparado para tales derrumbamientos emocionales, se
queja lastimosamente...

Arturo, por temor a precipitar la muerte de algún otro
mueble en la agonía, se sienta con sumo cuidado en un canapé, sufrido oyente, en otros tiempos más felices, de in-
flamadas décimas.

XI. Los Monte Azul

A los pocos minutos penetra lentamente en la sala el mensajero del pasado, una reproducción del Tiempo de barba menos copiosa– tal como se suele pintar en todos los almanaques del siglo XIX. Encorvado, frío, con algo de socarronería en los ojos, como corresponde a un hombre que vio muchas escenas en que no tomó parte y oyó muchos coloquios en que no habló sino las frases del manual para ayudas de cámara.

Los comentarios se quedan dentro royendo impacientes su escondite, y los cuadros íntimos al desnudo, se amontonan en el desván de la memoria, en donde algún día salen repintados por un léxico insuficiente.

¿Habrá llegado el día de desempolvar ese depósito de recuerdos? Arturo lo desea ardientemente. Esa lenta destrucción de una familia, con todo su equipaje interno y externo –ideas y muebles– nunca desaparece sin regalar al buen observador un curioso archivo de posturas tragicómicas –de cuerpo y de espíritu– que le van aleccionando en el conocimiento del hombre. No es lo mismo un incendio, tan súbito, que un desmoronamiento. Llama y tragedia se confunden. La comicidad se entiende bien con el polvo, la polilla, los roedores...

«Si este canapé en que estoy sentado –piensa Arturo– hubiese perecido en un incendio... ¡Qué dramático final de canapé! En cambio, si ahora, agobiado por mi peso, se declara absolutamente derrengado y fallece de una ruptura de su espina dorsal... ¡Qué invitación a la risa! Y lo peor es que me convertiría en un personaje de sainete.»

Pero el hombre parecido al Tiempo ha comenzado a hablar.

—Señores –dice–, perdonen mi tardanza. Me estaba aseando, porque en estos pueblos... Y no los esperaba tan pronto... Soy el mayordono de los condes. La señora les suplica...

—Vamos en seguida –dice Juan Sánchez, levantándose–. Estoy impaciente.

—Comprendo su impaciencia. Pero la señora condesa desearía que la releven del penoso deber de recordar un pasado muy triste para ella. Yo podría sustituirla, si ustedes quieren. Soy ya muy viejo. Lo conozco todo... Mejor que ella. Permítanme que yo les releve...

El mayordomo mira receloso a Arturo.

—Puede usted hablar sin reservas. Es como un hermano mío.

—En ese caso...

—Diga, diga –replica, nerviosamente, Juan Sánchez.

—Hace unos treinta y cinco años, ¡yo llevo cuarenta en la casa!, «esta finca era un vergel. Las madreselvas escalaban los muros, los rosales bordeaban las avenidas, una bóveda de espesos álamos sombreaba la quinta; los pavos reales paseaban altivos la pompa de»...

—Señor, estoy muy impaciente por conocer mi pasado.

—Eso es también su pasado. Es una descripción de la finca, escrita por uno de sus parientes, señor.

—Entonces, ¿es cierto?

—Lo es –Y el mayordomo inclina gravemente la cabeza–. Usted nació aquí. Venga a ver su cuna.

Se levantan los tres y penetran en un aposento destartalado. Restos de un salón de baile. Una monumental araña[29], colgada del techo, se estremece de júbilo haciendo tintinear los cristales que le quedan en obsequio, indudablemente, del nuevo dueño. La puerta, rechinante, perdida toda su agilidad, hace, al abrirse, retemblar toda una época. Un ratón, despavorido, lejos de su mansión, se decide a huir rozando los pies de tan inoportunos visitantes.

La araña cesa de tintinear, el ratón ha desaparecido, parece que todo aguarda impaciente la voz del cronista, del servidor –e imitador– de Cronos. Que, al fin, habla.

—Uno de esos muebles desvencijados es su cuna. Hubiera querido asear un poco este archivo... Pero resulta imposible...

—Es inútil –replica Arturo.

—Seguramente –agrega el mayordomo, con una servil y mefistofélica sonrisa.

—¡Mi cuna! –dice Juan Sánchez, cruzándose de brazos ante ella y moviendo patéticamente la cabeza–. ¡Mi cuna, un nido de ratones!

---

29 *Araña*: ornamental lámpara de múltiples y refinados cristales.

—Repito –insiste el mayordomo– que no hubo tiempo para aderezar esto. Yo hubiera querido presentarle un pasado más limpio, más en orden.

—De modo es que aquí... –interrumpe Juan Sánchez–. Cuénteme cómo ocurrió.

Vuelven a sentarse bajo la panoplia, y el mayordomo, después de mirar unos momentos al techo, comienza:

«—Fue aquel un año de locura, de frenesí. Sueltas las riendas de la fogosa imaginación, el conde se dejó arrastrar por los ímpetus...»

—Señor, estoy impaciente por conocer mi pasado –interrumpe Juan Sánchez.

—Perdone. Esto corresponde a su pasado. Está tomado de una carta del arcediano de Sos, hermano del señor conde.

—¿El arcediano de Sos? Le suponía de la familia. Siga.

—En fin, señor, me apena mucho decirle que usted es hijo de...

—Sí, de una prostituta.

—No me atrevería a decirlo así. Su señora madre era una tiple de Marsella, de la que se enamoró locamente el señor conde.

—¡Una artista! ¿Lo oye usted, Arturo? ¡Una artista! Una triunfadora por su belleza, por su talento musical, por el encanto de su voz.

Juan Sánchez se exalta. Poco a poco va alzando el tono de sus frases. Vibra como nunca. Revive. Se transfigura. El mayordomo le mira, sorprendido.

—¡El arte! ¡El poder del arte! Un telón que se alza,

una mujer que irrumpe en escena cantando su pasión. asomándose a la zona de los espectadores para verter sobre ellos carbones encendidos...

—¡Juan Sánchez!

—Una mujer en las baterías recogiendo en su regazo millares de flechas, prendiendo en millares de pechos la misma llama. Fue al remate del gran siglo turbulento, Arturo, en el enorme siglo de la pasión desenfrenada. Una mujer convulsa por el arte y el amor que le queman las entrañas, avanza hasta el público y lo pone en pie, y le arranca un furioso oleaje de aplausos... Un joven, desde un palco, la contempla embelesado, le envía un ramillete. Sale al pasillo, llega al camerino, besa conmovido la mano de la artista... El amor hace el resto. El amor viene a ocultarse púdicamente entre estos robles. Aquí da sus frutos... Arturo, amigo mío, de ese regazo acribillado por millares de deseos, nací yo, Juan Sánchez. De un súbito oleaje de pasión, de una vehemencia, de un latigazo ardiente del deseo que empuja los mundos. Arturo, estoy redimido. ¡Soy hijo de la más deliciosa aventura!

—Si el señor me lo permite..., quisiera rectificar un poco... –insinúa, entre zumbón y compasivo, el mayordomo–. Su señora madre era, efectivamente, una artista, pero siempre que se adelantó hasta las baterías lo hacía acompañada de treinta y nueve más. Era una señorita del coro.

—¿Qué dice usted?

Juan Sánchez se alza bruscamente del asiento, se abalanza al mayordomo, le agarra por las solapas, lo sacude furiosamente.

—¡Del coro! ¡Del coro! ¿Sabe usted lo que dice?

—Señor mío

—¿Sabe usted lo que eso significa para mí?

—Yo no sé... Ésta es, sencillamente, la verdad.

Arturo interviene. Juan Sánchez reacciona, se deja caer, derrumbar, en la butaca; se lleva las manos a los ojos.

—¡Del coro!

—Tenía muy poca voz, pero unas piernas maravillosas. Aquí las tiene usted. La tercera, comenzando por la derecha.

—¿Del actor? –pregunta Arturo.

—Del espectador.

Juan Sánchez contempla ávidamente una página de revista de espectáculos que le ofrece el mayordomo, sin lograr ver nada. Una fila de muchachas poco menos que desnudas le están haciendo carantoñas, pero Juan Sánchez sólo ve de ellas un borrón que va y viene por el papel. Arturo, en cambio, las examina una por una, después de haberse detenido algún tiempo a contemplar la gran estrella, cuyos pies están escondidos en la concha del apuntador. Una estrella tan rolliza como exigen las normas establecidas para este género.

Estrella, de edad indefinida, como la de cualquier celeste nebulosa. Las muchachas intentan evocar uno de aquellos divinos cortejos que en el «Moulin Rouge» y en torno a Afrodita, correteaban por la playa feliz en que las olas daban a luz muchachas vivas en vez de lamentables náufragos.

Intenta sonreír. Le brota una mueca.

—¡Del coro! –Y, más sombrío–: ¡De la masa!

Allí está, desnuda, guiñando picarescamente el ojo al

joven del palco. Por todo traje lleva unos claveles y una gasa.

—Si usted quiere –sigue diciendo el mayordomo–, puede seguir por esta revista la vida de su señora madre en aquel tiempo. Hay en ella muchas fotos. Era el libro que prefería el señor conde.

—¡Del coro!

—La tercera de la derecha, señor. Era magnífica, como usted ve...

—¡Cállese ya!

—Debo continuar mi historia. Es la última voluntad del señor conde, que la señora condesa me transmite. El señor conde no volvió a Madrid en mucho tiempo. Trajo aquí a Margot. Vivieron ocultos algunos meses. Cuando usted nació, nadie lo supo, excepto algún criado. El conde tenía aquí un administrador sin hijos. De pronto, la mujer del administrador se trajo de París un niño: era usted. Porque usted ha venido de París, señor. Allí actuó a los pocos días su señora madre, más bella que nunca .... Véala, en esta página. Es la quinta de la izquierda.

—¿Del espectador? –preguntó Arturo.

—Del actor –contesta, impasible, el mayordomo–. ¿Tan desfigurada está?

—Un poco. Al fin, ha pasado por ella una vida. La de Juan Sánchez. Sonríe, eso sí, con la misma picardía. ¿Y el conde?

—No volvió a acordarse de ella. El hijo fue bautizado aquí. Es otro Sánchez y Sánchez. Pero, en realidad, señor, sois un Monte Azul.

—¡Soy Nadie!

—En la provincia sois varias sociedades anónimas de firme crédito. No podéis pedir más.

—Bien, vámonos.

—Perdón. He de completar mi misión. Al morir el señor conde, que, como todos saben, derrochó una fortuna con...

—Sí, con señoritas del conjunto.

—También con «estrellas», señor. Su señora madre fue una excepción, una honrosísima excepción.

—Siga.

—Al morir el conde, dejó una cláusula en su testamento por la que instituye a usted heredero de todo su pasado.

—¡Estúpida herencia!

—De modo es que esta revista y todos los cuadros de sus abuelos le pertenecen. Con algunos muebles utilizables de esta casa. La de Madrid pertenece a la señora condesa. Y esta finca pertenece a un usurero.

—¡Y yo he de cargar con un montón de trastos viejos!

—Yo diría con un tesoro de recuerdos, señor. Os quedan esas fotos de Margot, sonetos...

—¡Todos del coro! ¡Nadie!

—Son vuestros antepasados. Nacieron, ambicionaron, figuraron...

—Sí, el tercero de la izquierda, del actor o del espectador, según los casos.

—... y murieron. Margot falleció haces seis años. Se había retirado ya. Pedía dinero al señor conde. Yo le giré algunas cantidades. Un día, este periódico dio cuenta de un accidente... Un camión había aplastado a una anciana...

Un suceso triste. Lea...

Juan Sánchez aparta, horrorizado, el periódico.

—¡Un camión!

—Algo horrible. La eliminó del mundo, como una goma de borrar.

Juan Sánchez no puede resistir tanta sacudida y sufre un desfallecimiento que sitúa en corro, alrededor del butacón, a todos los de la casa, excepto a la condesa, que no acaba de llegar. Le dan algo de beber y en seguida se repone y sale al campo seguido de Arturo. Su pasado queda allí, bajo el polvo. Él enviará un carro de mudanzas... El mayordomo lo ve salir tan abatido, que no puede contener una furtiva lágrima.

Y otra vez en la carretera. De nuevo las filas monótonas de chopos con la espinilla vendada. Cada vez se va quedando más lejos el paisaje espontáneo. La industria va engrasando los caminos para que el hombre se deslice por ellos más rápidamente; los va dejando inútiles para el antiguo caminante, para el sencillo hombre de a pie.

Y sitúa a lo largo del viaje esos graciosos monumentos rojos a la velocidad, que van distribuyendo energía. Las ciudades acortan entre sí las distancias: se reducen las posibilidades de tedio y de novela. Un viaje, que antes podía originar largas pasiones románticas, ahora, a noventa kilómetros por hora, apenas logra producir un brusco roce epidérmico. Los espíritus no se desnudan bien sino en reposo. O en una diligencia, en un coche de tercera...

La carretera ha perdido su color poético y se va empapando de color de alquitrán. Suprime algunas imágenes usadas, suscita otras. Suprime algunas peripecias gastadas, como el atraco; suscita el choque violento, la «panne» [30], la mutilación aparatosa, el vuelo de un cerebro por las ramas. La carretera atiende, solícita, a destruir la monotonía de la existencia humana.

—Haré un auto de fe con mi pasado.

Juan Sánchez continúa allí, en el fondo del coche. Arturo se había olvidado de él. Creyó haberlo dejado en la sala patética del álbum y los lienzos, entre dos cornucopias, frente al hombre de la mano en el puño de la espada, de la mano en la pluma, de la mano en la rueda.

—Su pasado es magnífico. Es una admirable novela.

—Haré un auto de fe. Vendrá usted a verlo. Quemaré a mis ascendientes. Entrarán definitivamente en la nada.

—Pero no podrá rasparlos de su árbol genealógico.

—Ése no es mi árbol oficial. Todos esos peleles sin fisonomía son como los monos que se entremeten, que se cuelgan a las ramas sin que nadie los llame. Mi árbol está libre de danzantes, de esos monos de la tierra, ridículos imitadores del artista, del político, del sabio. Mi árbol está plantado por tenderos. Quiero ser tendero, un comerciante más.

Su voz suena a hueco, lúgubre, rajada, desesperante. Poco a poco se va apagando. De Juan Sánchez sólo queda un montón borroso de escombros, agazapados en el ángulo del coche, torvo residuo de las alegres llamaradas –tan fugaces– de aquel día.

---

30 *Panne*: galicismo. En este caso significa rotura. Existe la expresión francesa «Ma voiture est en panne».

XII. Auto de fe

El balcón da a una avenida histórica donde quedan unos pedruscos acribillados por un diluvio de balas enemigas. Alguna vez estos pedruscos formaron una puerta[31], pero hoy sólo son un espectáculo. Los cerca ùn jardincillo, como a la estatua de un poeta acribillado por un diluvio de flechas amorosas. La ciudad inventa un decorado único para el arte y la gloria, para la ruda piedra y el frágil verso.

A cada hombre o cosa le asigna un fragmento de césped –fondo neutro– salpicado de algunas flores raquíticas.

La ciudad contempla a su puerta heroica como a una venerable abuelita que hace más de un siglo se resistió bizarramente a una violación. El enemigo acumuló allí toda su energía. Aquella puerta era el sexo de la ciudad.

Puerta que adquirió su personalidad cuando precisamente se obstinaba en perderla, y de lugar de acceso a las entrañas urbanas prefirió convenirse en un muro hermético. Vive por haber resistido a un apremiante deseo. El

---

31   *Una puerta*. Como nos dice Ildefonso-Manuel Gil, se trata de la Puerta del Carmen de Zaragoza, «ruina testimonial del heroísmo zaragozano, frente a las tropas napoleónicas». Se extiende sobre esto, y los distintos lugares de Zaragoza que aparecen a lo largo del relato, en *Ciudades y paisajes aragoneses en la obra de Benjamín Jarnés* (36-37).

hombre y la cosa originales se producen súbitamente en momentos de rebeldía también súbita. Los modos lentos conducen al fracaso, porque las gentes prefieren que la originalidad estalle, para volver a ella los ojos.

En el balcón, Matilde y Arturo. Juan Sánchez pasea nerviosamente por la sala, aguardando la llegada de su herencia. Su pasado viene dentro de un camión: un pasado sucinto, épocas en extracto, amores sintetizados en una redondilla; ambiciones reducidas a un diploma; flores prensadas –marchitas, secas, lamentables– entre dos páginas de novela...

Volutas, metáforas, caracoleos de roble y de idioma. una vieja cama barroca, retratos, rollos amarillos de papel...

—Parece que tarda, ¿no? –pregunta Juan Sánchez.

Y advierte sorprendido que nadie le contesta. Que Matilde y Arturo prosiguen una escrupulosa inspección de la puerta inmortal; que algo muy profundo les tiene sumergidos en la calle. Vuelve a preguntar:

—¿Verdad que tardan? Me prometieron llegar aquí a las doce, puntualmente. Y va a ser la una.

Nadie responde, nadie comenta. En este momento Arturo está hablando al oído de Matilde. Flotan, entre los rizos de ella, algunas frases mutiladas:

—Escribiré... Lista... vivir… inquietud… tardanza... por el todo... más tiempo... –dice Arturo.

—Comprendiste... sacrificio… viéndote… casa... riesgo... familia… ausencias injustificadas... –dice Matilde.

—Imposible vivir… debes comprender... resolución... gratitud... tu esfuerzo... –añade Arturo.

Juan Sánchez está allí, a dos pasos. Vagamente llegan a él hilachas de un diálogo desflecado por la cautela. Pero de las últimas palabras se desprende un tuteo sospechoso. Aguza el oído. Escucha frases completas, pero ya elaboradas para el caso:

—Mi fortuna se fragua entre escombros.

—Pero eso debe de resultar muy divertido. Viajes, tipos raros...

—Llegan a parecerme los mismos. Al fin los veo siempre a la misma luz, a la del incendio. Cuando llego, ya tienen preparado un cuento. Y siempre es el mismo.

—Se ve que a usted no le gustan mucho los conflictos.

—Me encantan. Por eso...

Al ver que Juan Sánchez se aleja, prosigue en voz más opaca:

—Por eso estoy entre vosotros, en vez de enseñar lógica en un Instituto enmohecido, donde todos los problemas se dan como resueltos.

—Es que tendrán fe. Quedan pueblos, Institutos, discípulos, maestros, con fe.

—No tienen curiosidad.

—Tú no crees en nada.

Dulcemente, más bajo, prosigue:

—Ni siquiera en mí.

En el ir y venir de Juan Sánchez va el diálogo adquiriendo un extraño ritmo de vehemencia y frialdad, una mezcla mal dosificada de temas incoherentes. Juan Sánchez está allí, sumergido en su niebla. No consigue oír claramente una frase ardiente por la cual se encienda la mecha de la explosión. Arturo, correcto, frío, inmóvil, sigue contemplando la puerta gloriosa, mientras Matilde vibra de impaciencia, hace esfuerzos para no gritar su inquietud.

Juan Sánchez aguarda una frase nueva, definitiva. Los dos callan. Los pasos de Juan Sánchez han cesado. Un silencio hostil pone en guardia a los amantes.

Y el ruido de un camión que se detiene ante el umbral.

—¡Ya está aquí mi pasado!

Salen todos a recibirlo.

Con el camión viene Alfredo, quien fue a recoger «los trastos» —como él los llama—, probablemente para eliminar de entre ellos alguno cotizable en un almacén de antigüedades. El presente y el pasado no son para él sino dos zonas diversas en que puede florecer el negocio con iguales esperanzas de éxito.

Mientras sube aquella expedición de náufragos, Matilde y Arturo tienen unos minutos de soledad. Pero la utilizan en desnudarse de su máscara y recuperar el brillo ardiente de sus ojos, la fiebre de sus manos, que firman en silencio un nuevo pacto.

—Quiero explicarte... Tú no puedes comprender.. Mis culpas no son sólo mías. Sólo ves mi vida exterior. Quiero absolutamente hablarte... No puedo vivir así con tal incertidumbre.

—Escribe más extensamente.

—No tengo tiempo. Necesitaría mucho, mucho tiempo y mucha, mucha calma. Espero un viaje de este hombre..., de «estos hombres», para hablarte, para abrazarte. Confía en mí, escribe a ese número. Yo misma iré a recoger la carta, cuando pueda. Desconfía de las apariencias...

—Todas te condenan.

—Ya lo sé. Pero a todas debes anteponer nuestro...

Alfredo y Juan Sánchez abandonan a dos mozos la tarea de hacer un montón informe con todos los despojos de Monte Azul, y se acercan al balcón, a completar el gran concertante. Un final de acto, a cuatro voces, que va a cerrarse con la gran escena de la purificación de medio siglo de historia manchada por toda clase de apetitos inconfesables.

Aunque la destrucción del pasado de Juan Sánchez se procura realizar sin patetismo alguno. El héroe ha recuperado toda su serenidad, tal vez porque el presente le trae nuevas preocupaciones. También Arturo y Matilde han recuperado su plena serenidad y asisten al acto como a una ceremonia ritual, como a un holocausto a la diosa Ironía.

Folio a folio van desapareciendo los libros, el álbum. Astilla a astilla van sumergiéndose los marcos en la chimenea. Los lienzos se enrollan, se resisten al aniquilamiento. Al fin, la llama lo unifica todo.

Juan Sánchez va arrojando al fuego los siguientes antepasados:

Un pintor que sólo llegó a copiar la realidad visible, que nunca pudo inventarse otra.

Un político que apenas llegó a ser cacique.

Un guerrero de latón, que nunca ganó más empresas que las del campo de maniobras.

Un héroe que ganó el campeonato de las carreras a pie en cierta catástrofe militar.

Un poeta, de los llamados «chirles», cantor de frondas y arroyuelos, constructor de trescientos sonetos, de dos mil cuartetas y tres mil ochocientas quintillas.

Un cómico sin genialidad, es decir, un payaso triste.

Al caer en sus manos el hombre de la mano en la pluma, Juan Sánchez le dedica una sorda oración fúnebre.

—Entra definitivamente en el olvido, abuelo mío. Te pasaste la vida buscando consonantes, como quien busca sellos de correo. Fuiste un coleccionista más. Recorriste de álbum en álbum todos los salones cursis de tu siglo. Cantabas a la patria que te vio nacer y a las nubes que recogían tus estúpidas miradas. Construiste poemas a medida, hechos de metáforas tradicionales, burdamente cosidas con alambre retórico barato. No llegaste a decir nada del sol ni de la luna y los campos, porque todo quedaba oscurecido entre la niebla de tu estilo común. Las cosas quedaron enfundadas en tupidas arpilleras.

No las pudiste mostrar desnudas. No tuviste ni aun ingenio para disimular tu incultura, como tantos de nuestros poetas que aún viven. Hablabas del corazón humano, y nunca llegaste a conocerlo, como no lo conocieron tampoco la mayor parte de tus compañeros de rimas enchufadas. Lo simplificabais hasta el extremo de anularlo. Le asignabais dos o tres vulgares resortes, y de toda la complicada máquina emotiva sólo visteis alguna patente ruedecilla. Ni siquiera pudisteis señalar los verdaderos estímulos eróticos, ni siquiera los verdaderos resortes de la voluntad. Por eso forjabais los personajes de una pieza, y todas sus posibilidades de acción se reducían al programa preestablecido. Escribíais para el público, sin saber que el público acaba por despreciar a los que sólo escriben para él.

Erais Nadie, porque no lograbais añadir un verso al

precioso mundo lírico de vuestros antepasados. Tú eras Nadie, porque tus versos estaban tomados a crédito a la historia, y deformados y trivializados luego, en vez de devolverlos bien bruñidos, con aderezo nuevo. Eras Nadie, como yo, tu descendiente, a quien legaste un vago afán de conmover a los hombres por la palabra sonora. Pensabas en un arpa y sólo llegaste a manejar la ocarina. ¡Vete al fuego, pobre idiota ilusionado!

La llama le transfigura, le redime. Hay en su mirada una extraña irradiación. En su voz hay una falsa mansedumbre.

—Desaparecéis en absoluto, porque vuestras risibles obras ya hace tiempo que se borraron del mundo, y vuestras vidas sólo prendieron en las otras por bestiales contactos, por lazos oscuros de sexualidad que nunca podrán hacer de un Nadie un Alguien... ¡Se acabó!

Juan Sánchez se vuelve hacia Matilde y Arturo. Se acentúa la anormalidad de sus gestos, de su mirada. Matilde, azorada, se acerca más a Arturo como buscando refugio.

—Ahora, a cultivar el presente. Le obedeceré, Arturo. ¡Acción, acción! Me entregaré a la acción. El pensamiento no fragua individuos.

—Es su espuma, su perfume, nada más.

—Y yo quiero robustecer mis huesos, endurecer mis músculos, templar mis nervios, para que den su sinfonía personal. ¡Voy a entregarme a la acción!

Lo dice fieramente, clavando sus ojos en Matilde que, cada vez más azorada, sólo acierta a decir:

—¿Quiere usted almorzar con nosotros, Arturo?

—Me es imposible. Debo ir temprano a ver a mi jefe. No faltará ocasión...

Arturo se despide. Sale en seguida para el habitual escenario de su vida: un incendio. Detective de falsas catástrofes, baja. sobresaltado, la escalera, pensando en la mirada oscura de Juan Sánchez, en la mirada cínica de Alfredo, en la mirada tierna de Matilde. Es víctima de una irrupción plástica que llega a desconcertarle la visión normal necesaria a todo transeúnte. Los seis ojos se entremezclan, vertiendo los zumos de su mirar en un mismo ponche.

Comienzan a girar alrededor de Arturo, incapaz de eliminar de aquella rueda de fuegos artificiales, los ojos socarrones de Alfredo, los ojos profundos, trágicos de Juan Sánchez. Llega un momento en que, tambaleándose, se ve obligado a sentarse en una terraza de café... Tal vez es debilidad, cansancio, tensión excesiva. La mañana lo zarandeó no poco. No durmió bien... Mientras quiere justificar a sus ojos aquel mareo, la rueda sigue girando alrededor de sus sienes, clavando en ellas no sé qué irónicos alfileres encendidos...

—Está enfermo? Está muy pálido. ¿Quiere un ponche? Lo traeré caliente.

Arturo mueve la cabeza, afirmativamente. Intenta cerrar los ojos, pero la rueda sigue girando implacablemente. Parece que unos ojos acentúan su agresividad, otros, su sordo reproche. Los de Matilde se van empañando cada vez más de tristeza...

—Beba. Eso no es nada. Estará mejor dentro.

Arturo obedece. Con la cabeza entre las manos, va quedándose adormilado. No puede precisar cuánto tiempo permaneció así. Sólo podría afirmar que la breve historia de su amor desfiló atropellándose a sí misma por su frente en brasas, multiplicándose con nuevos episodios, enriqueciendo los históricos con detalles de que nunca se dio cuenta; con palabras que tal vez nunca se dijeron, o él no las oyó, aunque Matilde las dijese; con paisajes que jamás pudo ver con toda su opulencia de colores y perfiles.

Como si aquel amor –que en la realidad sólo llevó un corto período de sus vidas– las abarcase ya totalmente, nutriéndolas por completo de sentido, dejando ayuno de todo interés los días sobrantes. Sólo podrían afirmar que Matilde ha irrumpido tiránicamente en una vida que Arturo apenas se había cuidado de justificar contra las misteriosas acometidas del amor. Que, dulcemente, se había dejado vencer por ella, y que en este vencimiento cifraba ya su mayor triunfo.

De pronto adviene que la rueda ha unificado su luz, que sólo está nutrida por el dulce mirar de Matilde, que ya cesaron las tenaces punzadas. Es ya tarde.

—¿Se le pasó? –pregunta una voz afectuosa.

—Sí, muchas gracias.

Sale fortalecido del café. Todo se borra dentro de la espléndida luz de la tarde que comienza. Ante él –ya no giran– mecidos por ligeras ráfagas de viento, siguen los ojos de Matilde contemplándolo.

XIII. Bodegón y celos

Arturo relee gozosamente la carta: «Mañana, viernes, ven a casa, a las seis. Media hora después estarán aquí dos amigos, y merendaremos juntos. Él sale de viaje al mediodía. Con todo, no se te olvide en buen pretexto»... Precisamente ha recibido una carta de los Olmos en la que lamenta el silencio de Juan Sánchez y Matilde, «que nunca escriben»... Y hoy es viernes, y son las cinco de la tarde. No ha visto a Matilde desde aquella mañana del auto de fe...

Como un niño, baja brincando la escalera. Paseará por la ciudad, empujando el tiempo durante esta hora inútil que lo separa de Matilde... No transcurre entera; faltan diez minutos, cuando Arturo entra en casa. Viene dócilmente a merendar; pero, entre las golosinas, la primera es el amor. ¿Cómo lo aderezará Matilde, esta tarde?

Un gran silencio en la casa. A fin del pasillo, una puerta se entreabre; una doncella invita a entrar. Sonríe, como se sonríe a todo cómplice.

—La señora va a venir. Pase al comedor.

Hay sobre el tapete, a cuadros rojos y ocres, un azafate y, sobre él, una pirámide de fruta recién cogida. Entra Arturo en la habitación y se detiene a contemplar, desde lejos, aquella voluptuosa agrupación de formas redondas que realizan todas las travesuras de la curva. Mientras aguarda a Matilde se divierte en extraer del frutero su esencia cristalina: una pirámide.

Este fugaz momento de esperar, sólo puede llenarse con contenidos infantiles, de tránsito entre dos graves problemas: ahora aplica un método escolar a la percepción geométrica de la fruta. Si circunscribe al conjunto un poliedro cualquiera, el puñado de curvas perderá en deleite lo que gane en precisión; mientras que inscribiéndolo, conservará toda su delicia, aunque pierda en geometría.

Bien está asignar un sostén a la fragante arquitectura, pero dejándolo bien oculto. No como andamio, sino como esqueleto.

—Juan ha salido –dice entrando Matilde, recalcando una extraña frialdad–. Tenga la bondad de esperarle. Tome asiento.

De pie ante la mesa, Arturo balbuce unas palabras de excusa. De pronto advierte que Matilde hace un guiño impreciso... Acaso anda cerca algún criado... Reacciona súbitamente. Y, en la duda, permanece callado, dispuesto a aguardar lo imprevisto.

Matilde prosigue:

—Perdóneme. Tengo algo que hacer allá dentro. Juan no tardará en venir.

Y sale, repitiendo sus guiños. Acomete a Arturo un

deseo de gritar, de protestar, como a un niño rebelde a quien le arrebatan su mejor golosina; pero los guiños angustiosos de Matilde aplacan en él todo frenesí. Cautela. Rápidamente se apacigua, se lleva la mano al bolsillo, palpa la carta de Los Olmos...

Y, ahora, continúa esperando, puestos los ojos en el frutero.

Se acerca a la pirámide, se sitúa en la baldosa exacta desde donde el azafate puede ser percibido con la máxima luz. El balcón está entreabierto, los visillos apenas empañan el cristal. Más lejos, sólo vería manchas inconcretas de color; más próximo, algún matiz insolente apagaría el resto. Llega a la calle la porción de sol que pide cada escorzo, porque Matilde supo administrar bien la luz cruda de la tarde.

Abre la fruta tres horizontes, cada uno con peculiares deleites: el del color, el del aroma, el del contacto. Son los ojos espías vivaces de la voluptuosidad, de la que suelen consumir la porción más rica, dejando a los otros sentidos el despojo. Traza el aroma anchos círculos sutiles que, según se aprietan, van finamente esclavizando la avidez.

Y, por fin, el mismo contorno de las cosas, su forma plena, su piel, abre el último horizonte, la onda más cercana que cada ser provoca al sumergirse en el espacio: onda que se confunde con el perfil, donde se sacia o naufraga definitivamente el deseo.

Arturo se enamora súbitamente de la fruta, pero quiere irla poseyendo por grados. A todo gran amor corresponde una lenta fruición en apurar el lote de goces que origina. Sólo se precipitan los que no saben amar. Por haberse precipitado un poco en el amor de Matilde ha perdido para siempre deliciosos instantes.

Arturo penetra despacio en el aro de los perfumes; aunque cierre los ojos, ya conoce dónde podrá hallar las manzanas, dónde el moscatel y las granadas. Llega con suavidad al último círculo, donde los ojos deben ya prescindir de la visión total y repartirse de escorzo en escorzo, donde ya cada poro se sorbe una sola proyección de belleza.

En el azafate hay tres manzanas gemelas, tan tersas, tan bruñidas, que parecen de metal. Son verdes, de un verde provocativo, como los ojos de aquella hurí que empujaban a los donceles cristianos hacia un abismo cubierto de rosas donde se ocultaba Lucifer. Arturo conoce aquellos ojos por un cromo, y los anda siempre buscando en sus amigas. Ojos fascinadores, ojos duros, insolentes, de huraña malaquita.

Arturo acaricia las manzanas; resbalan sus dedos por la fría superficie, rechinando un poco, como en las bolas de bronce de la escalera. Al contacto se apaga toda gula, porque ya el helado roce es el máximo deleite que pudiese provocar la posesión. En la curva piel metálica parece terminar la irradiación de su belleza.

Se siente que aquellas lindas esferas, tan cercanas a la pura geometría, no tienen corazón, como otras frutas, sino una línea de cruce de infinitos planos. Lo mismo ocurre en muchos cuerpos de mujer, donde el espíritu fue desalojado por una estación telefónica de innumerables, de opuestas intenciones.

Pero Arturo está cansado de esas otras frutas vivas y

sigue contemplando estas tres, tan hurañas, que arrojan fuera de sí la imagen del mundo en torno.

Y hay otras dos manzanas: lindos orbes azucarados que tienen dibujado un mapa con sus diminutos continentes rojos sobre amarillo claro, con sus islotes rosas, carmesíes.

Hay tres melocotones aterciopelados, de línea perfecta, cerrada, aristocrática, de un dulce amarillo surcado por una faja granate. Ofrece el mayor la graciosa hendidura de una lozana grupa de adolescente.

Arturo la toca, siente resbalar sus yemas por el fino terciopelo que, a contraluz, se tiñe suavemente de plata, de un rocío blanquecino, como si la luz que retrocedía en las tersas manzanas quisiera ahora sumirse por cada poro, levantando al borde de los microscópicos abismos una leve espuma.

La luz se reparte amorosamente por toda la superficie del melocotón, se prende a cada brizna de pelusilla, muere allí en un dulce ahogo, risueñamente.

Arturo prefiere las frutas donde el misterio de la miel traspasa la epidermis; no corre al encuentro del sol, jugando con él como un balón de fuego, pero lo atrapa y lo derrota en la misma superficie, chupándole los colores más lindos. La manzana es una vanidosa que sólo persigue el infantil devaneo, y hace de su piel un curvo espejo deformador.

Y hay una pera rechoncha, verdusca, elaborada a martillazos, deforme aún y sin pulir, con su faja terrosa ceñida al vientre, apelotonada, ridícula. Aunque Arturo sabe que bajo aquella piel monótona, agreste, hay una mansa dulcedumbre, blanda, jugosa, sin vanidad alguna.

Matilde le dice, entrando:

—Coma. ¿Le gusta? Ahora viene Juan.

Arturo esboza un gesto dudoso: desconoce el arte de las comedias de enredo y no sabe qué banales palabras serían ahora oportunas.

Ve a mano un cuchillo. Podría ir arrancando tiras de piel de esta grupa encantadora de chiquilla, hasta dejar los músculos palpitantes, con todos sus zumos destilando en plena desnudez.

—El melocotón dice— es como una pella de tierna carne de niño donde la gula pierde sus brutales acometidas y se convierte en tierna voluptuosidad.

—Ahí tiene uno, magnífico.

Arturo prefiere hincar los dientes, súbitos, sañudos, en la piel insolente de una manzana. Y, al escoger una en el frutero, se queda con la mano en alto, en la actitud de un ladrón sorprendido.

Juan Sánchez entra en el comedor, saludando torpemente. No se oyó timbre alguno; no se produjo en la casa ese pequeño rebullicio que acompaña a la entrada o salida de alguien. Juan Sánchez estaría acechando... Arturo, jovialmente, le muestra la carta de Los Olmos.

—He subido un momento –me esperan en el Ateneo– para leerles esta carta de Patricio. ¿Cómo no escriben ustedes? Me encargó que no dejase de venir cuanto antes...

Y lee despacio la carta. Al terminar, Matilde se despide.

—Les dejo. Espero a unas amigas y tengo que prepararles algo. Muchas gracias, Arturo. Por mi parte, mañana mismo escribo a Los Olmos. Déjese ver alguna vez.

Cuando se quedan solos, se oye la voz trémula de Juan Sánchez, que confiesa:

—Soy un hombre ridículo. Había preparado la farsa del marido que se va y se queda... Perdóneme. Iba a matarle a usted.

—¿A mí?

—Le había preparado esta encerrona. Tuve desde hace tiempo la sospecha de que entre usted y Matilde... No ha sido así. No es culpa mía. Reto a la tragedia, pero la tragedia no acude. Tampoco logré nada con Alfredo.

Un gesto de asombro. Arturo permanece mudo.

—Pasaré por el mundo entre bastidores, como un pobre comparsa. Mi vida es de oscuro pasillo de un teatro...

«¡Acción, acción! —me dicen todos—. Así un día logrará encontrarse a sí mismo. Ya ve, intento obrar, y los resortes no responden. Nada estalla. Nada se rompe. Todo es fiel. Todo es dócil. Mi vida tiene excesivamente engrasadas sus ruedas. Creo que, cuando muera, será durmiendo. Y me despertaré entre millones de comparsas, de coristas. ¡Una eternidad cantando salmos, donde ya ni el suicidio puede remediar nada! No creo que mi vida merezca otro premio que el de perpetuo corista, ¿comprende? No ser nunca nada, ni antes ni después de existir.

Arturo no contesta. Mira lleno de estupor a Juan Sánchez, el infortunado tramoyista de su propia tragedia. No consigue ni aun el derecho a ser actor en el drama de su misma vida conyugal tan compartida. Y tal vez haya que interpretar la tragedia de Juan Sánchez en este sentido: en el de víctima de las bromas inagotables de la tercera dimensión. ¿Cuándo una cosa es profunda? ¿Cuándo no lo es?

Juan Sánchez llega demasiado tarde a los hechos y a los hombres. Nunca acierta a verlos en su minuto de máxima tensión, en esa zona hiperbórea en que los héroes respiran. Le sucede como al que llega a una pirámide cuando ya el vértice es un redondo muñón y las vertientes son de tronco de cono, todo gastado, arañado por los días, sin hoscas aristas, sin hirsutos filos.

Juan Sánchez presintió su drama conyugal; pero al llegar a rozarlo con los dedos, el drama había perdido su temperatura hostil. Si Juan Sánchez irrumpiese en un bosque salvaje, las fieras le verían llegar indiferentes, porque en aquel momento estarían en plena digestión de alguna caravana acabada de engullir.

Cuando Juan Sánchez se acerca a las cosas, todas se le acercan, lamiéndole irónicamente la mano, fatigadas, rendidas. El mundo está nutrido de arcos tensos, pero Juan Sánchez los encuentra siempre relajados.

La verdadera tragedia de Juan Sánchez es, quizá, su excesiva realidad. En la realidad, los espíritus extremos, las sumas tensiones del espíritu mediocre, pocas veces aciertan a encontrarse para producir esa chispa fascinadora que marca niveles ilusorios de humanidad heroica.

En la realidad, pasan, se cruzan, se rozan apenas los espíritus. Son casi siempre tangenciales al aro de luz que traza en torno suyo cada ente original; sin que, unas veces por su silencio, y otras, por su excesiva charla, logren juntarse para encender temperaturas cumbres.

Tal pasión –la de Arturo– llega a rozar a Juan Sánchez en una época de transición, luego de refinada madurez, de vehemencia contenida, más experta en el arte de «esconder su llama». Tal vanidad –la de Alfredo– viene a escena cuando ya logró plenamente saciarse. Todas las pasiones han perdido sus filos, su pólvora, cuando Juan Sánchez quiere jugar con ellas, utilizarlas como armas arrojadizas.

Sólo un astuto novelador consigue armonizar en el tiempo este gran sistema de fuerzas que constituye el tejido dramático: el punto de sazón del deseo femenino, del ímpetu viril de los amantes, la extrema temperatura de una cólera, el período de celo de toda bestia humana.

Sólo un falso novelador puede recortar de aquí y allí trozos singulares de vida y acoplarlos –como los líquidos en un matraz– para hacerlos hervir ruidosamente, en un momento prefijado. En este breve relato, en este fragmento de la vida de Juan Sánchez, no se tuvo la fortuna de hallar a todos los personajes en su punto de más alta tensión. Para alguno se adelantó, para otro se retraso la novela. Aquí aparecen según vivían al ser llamados a figurar en este sencillo relato.

XIV. El soldado desconocido

Un héroe –mucho más los fracasados– lleva siempre dentro un gran discurso en busca de auditorio. Es inútil querer ahogarlo. Retoñará en cualquier lugar; todo el mundo –hechos y cosas– le servirá de trampolín para subir a la tribuna.

Los héroes de Homero exigían escenas enteras para desembarazarse de su biografía ante el coro. Los héroes de Wagner reclaman por lo menos una escena para contar lentamente su caso. Los más modestos héroes –puestos en música– han exigido siempre un aria o –puesto en verso– un soneto.

Pero este discurso que en otros dramas suele ser repartido entre dos coros, cada uno en su escenario; este drama novelesco ha de soportarlo por entero, un solo espectador, Arturo. Que, por causas bien explicadas, escucha dócilmente a su torturado amigo. Pasó la etapa de recelos, y Juan Sánchez ya no pierde coyuntura alguna de proseguir el aria inacabable ante aquel excelente resonador, tan ducho en tragedias. Pero Juan Sánchez prefiere tener por escenario la calle, los paseos públicos, la orilla del río, todos los lugares limpios de domesticidad, donde el amor se forja, desde donde se exporta el amor a los hogares, para consumirse allí totalmente, o convertirse en bienaventurada costumbre. ¿Por qué la intimidad suele encontrarse con más facilidad al aire libre que en lugar cerrado?

La ciudad está salpicada de héroes de piedra. Frente a uno de ellos, Juan Sánchez oprime fuertemente el brazo de Arturo, diciéndole:

—Aquí tiene usted un hombre que apenas existió y sigue «siendo» eternamente. No era nada, como yo; pero un día soltó cuatro trabucazos a tiempo, le contestaron con otros, le abrieron el pecho, como a los dos empleados del otro día, y dentro del corazón le grabaron la firma. Por el agujero de una sien se le huyó el anonimato. Ahí lo tiene.

—En cambio –piensa Arturo–, el escultor no existe. Es preciso acercarse a ver la firma, como en el cuadro de Matilde.

Y Juan Sánchez prosigue con voz patética su discurso comenzado media hora antes. Pero el coro se cansa de escuchar y decide suplantar al héroe. Cuando Juan Sánchez recalca:

—Ahí lo tiene... Inmortal. Tan inmortal como Augusta.

Arturo contesta enérgicamente:

—Busque usted una causa cualquiera, justa o injusta, y mátese por ella. Le erigirán una estatua.

—La mía sólo podría ser la estatua del soldado desconocido.

—La inmortalidad por estos rápidos caminos va siendo ya muy difícil. Podrá seguir habiendo guerras, también guerras sociales; pero ya apenas hay «hondas convicciones», y al extinguirse éstas, quedan suprimidos considerablemente los «trances heroicos». La vida moderna va eliminando del mapa dramático, situación tras situación, conflicto tras conflicto. Pronto, borradas las cordilleras, cegados los grandes ríos, el ambiente de emociones pasará por el mundo como sobre una equilibrada estepa. Porque los problemas de la inteligencia no levantan más que espuma, ráfagas de aire. Dejará de producirse el héroe. Pero aún es tiempo. Aprovéchelo.

—Se burla usted de mí.

—Le invito a aprovechar los últimos instantes de una vida heroica que se extingue. Pronto, si algún héroe surge, se sonreirá aburridamente de su propio heroísmo. El mundo va adoptando posturas inteligentes; es decir, va suprimiendo las posturas. Pronto no quedarán héroes «monumentalizables». La vida moderna está reduciendo el rostro del mundo a esquemas simplicísimos, a geometrías colectivas, donde no caben profundas contradicciones individuales.

—¿Va a extinguirse la personalidad?

—Van a reducirse los tipos originales. Se llegará quizás a una estandarización del hombre.

—Quedan las grandes hazañas del aire, del mar...

—Quedan el éxito, que suele no tener nada que ver con la personalidad. Como el cartel que nada tiene que ver con el muro que, por azar, lo ostenta o lo soporta. Detrás del éxito puede haber un hombre cualquiera en quien las gracias se han complacido en acumular coyunturas favorables. Un mismo aviador llega o puede no llegar. El que no llega, se borra. Y acaso lo borró una brizna de aire.

—Quedan los grandes negocios...

—Sí, tal vez el héroe moderno está llamado a ser el gran jugador de Bolsa. Pero un jugador de Bolsa no suele soñar con estatuas, sino con millones.

—Quedan los grandes amores, las grandes tragedias del amor.

—Si no van acompañadas del asesinato, no creo que destaquen mucho a nadie... De todos modos, el drama pasional arguye en los autores una gran pobreza imaginativa. Los inteligentes suelen desviarlo hacia terrenos más fáciles en sorpresas. El ruidoso drama pasional es ya sólo patrimonio de la plebe. De una u otra plebe.

—Quedan los escándalos.

—¿Cuáles?

—El gran robo, la gran estafa.

—Es posible que aún quede algún espléndido collar de reina que robar. Alguna caja de caudales que violar. Pero esto ya va pasando al terreno de la fábula. Las perlas suelen ser ya falsas y los valores de complicada realización. Además, el gran estafador desaparece en seguida de la celebridad. En cuanto lo encierran en un presidio, a menos que escape. El mundo va intensificando cada día más su capacidad de olvido. El héroe antiguo persistía en la memoria y en la piedra; el héroe actual —el campeón de boxeo o el bolsista— durará lo que dure la operación de bolsa o el match. Se desvanecen después de una rápida fulguración. Como los grandes criminales, su persistencia en el mundo durará lo que dure su proceso.

—No comprendo bien.

—La razón es porque el mundo, nuestro mundo, comienza a ser toda la tierra. Un grupo de soldados griegos, en una diminuta parcela del orbe, pudo atender recíprocamente a sus idas y venidas, a sus menudos lances de amor. El mundo estaba muy reducido de tamaño, y podía seguirse, grado por grado, segundo a segundo, el gráfico de la cólera de Aquiles o la historia patológica del erotismo de Elena. Hoy estas menudencias no serían ya capaces de atraer las miradas del mundo ni de inaugurar una espléndida literatura de viajes. (Porque, penoso es decirlo, pero toda la literatura occidental tiene por base unos menudos trapicheos de coqueta, una deliciosa comadrería de campamento.)

El mundo va borrando de su tablero de ajedrez las grandes piezas, y prefiere seguir la partida con los peones solos, a quienes, de vez en cuando, les endosa una caperuza de caudillo. El novelista nuevo rebana el cuello a los altos fantasmones y prefiere manipular con las masas. Ya los principales personajes de la novela actual tienen cien mil cabezas. A casi nadie le interesa un problema individual. El mundo entero está cansado de monólogos.

—Queda el arte, ¡el gran arte!

—Es posible. Quedará siempre el animador, en el papel de esas multitudes. El que expresa la gran inquietud de esas cien mil cabezas... En un foso de la gran guerra se desplegó más heroísmo que en toda la guerra de Troya junta. Un sencillo «peludo» ha podido rivalizar con Héctor; y un espía cualquiera, con el sagaz Ulises. No existen, quizá, los héroes; pero sí existen los poetas.

—Yo intenté...

—No importa. El poeta y su tema viven juntos. Busque, Juan Sánchez, una anécdota cualquiera de usted; haga que la cante un poeta, y ambos pasarán a la posteridad. Aún queda un margen para el individuo... Pero no se retrase mucho, porque todo va a sufrir una profunda mutación. Vea, amigo mío, algunos de los títulos que llenan nuestros escaparates de libros: «Cemento», «Chocolate», «Petróleo», «Gas».

—¡Es verdad!

—Se trata, óigalo bien, de libros, aunque parece tratarse de artículos de primera o segunda necesidad. Ya van desapareciendo los «Adolfos» y los «Pedros Infinitos». En cada uno de esos «Cementos» o «Chocolates» hay una muchedumbre que ama y odia, trabaja, goza y sufre. Como en las óperas de Wagner, los tenores deben sujetarse estrictamente a la tiranía de la partitura. Son novelas o poemas sin fermatas[32], en que el «divo» no tiene por qué adelantarse a la batería. Son novelas sin enfoques unipersonales. Su personaje central es el coro. Es una masa.

—La masa es siempre algo borroso, sin perfil.

—Eso depende del operador que se instale ante ella. De la avidez y potencia de su máquina. La masa tiene también sus perfiles, aunque innumerables. Exige un poder más robusto de selección y arquitectura.

Quien posea esta virtud creará el nuevo personaje. Creará la novela red.

—¿Cómo?

—La novela poligráfica, en lugar de la ya aburrida monografía.

---

32 *Fermata*: Del Italiano «detención», en notación musical signo que representa la suspensión del movimiento del compás.

—Aún no comprendo.

—El hombre no es un pino o una palmera que crecen sueltos, en el Norte o en el Sur; es un peón de ajedrez que tiene un claro –o misterioso– enlace con gran número de otros peones o piezas mayores. El novelista, el poeta épico actual debe saber jugar muy bien a ese ajedrez.

—¿Y el lírico?

—Demos su parte a Narciso. Que siga cantando a la luna o a su propia zampoña. Al poeta puede eximírsele de conocer el perfil de los hombres si conoce maravillosamente el perfil de una ola. O el del aire. Aunque yo les aconsejaría a todos que aprendiesen a jugar al ajedrez. Narciso va siendo insoportable. Y monótono. Todos acaban por mirarse en la misma fuente... Y con la misma cara.

—¡El verso! ¡Las maravillas del verso!

—Óigalo bien, Juan Sánchez... El verso comienza ya a no tener sentido entre nosotros. Pronto sólo escribirán en verso quienes no sientan la gran poesía de los hombres: los artífices cartujos, cuya sola poesía está en el aparato.

Han llegado hasta el río y, apoyados los codos en el pretil, contemplan el lento y solemne fluir. Más nutrido que otros días, el Ebro da su perenne lección de vida fértil. Arturo no puede contener, un arrebato pasional, que le acomete siempre junto al río, y dice a Juan Sánchez, oprimiéndole, a su vez, el brazo:

—¿Lo ve? Éste es el héroe[33]. Éste es el gran creador. Por habernos olvidado de él, ha podido suplantar a la vida verdadera: una vida apócrifa, hecha de vacía oratoria, de gesticulaciones teatrales, de detonantes himnos guerreros. Éste nos da el ejemplo, puesto que, desde siempre, es el

---

33 *Este es el héroe:* El Ebro, «El río fiel», el cual daba título al fragmento IV de *El profesor inútil* y que aquí aparece como símbolo de la «estética de la vida» a la que adhiere Jarnés en la línea de Dilthey, Bergson, Simmel, Unamuno y Ortega.

gran maestro de la vida. Y su símbolo... Pero la vida real y verdadera, la vida profunda, la que alza cordilleras y cava hondos abismos, la que se reparte en mieses y frutos por el campo y aún se permite el lujo de las flores y de las mariposas, esta vida no suele figurar en los programas históricos, o es pospuesta a esa otra vida falsa, preparación para la muerte, donde una máquina de asesinar es cultivada con más esmero que un árbol, unos destructores pajarracos de metal, con más atención que una granja avícola. Éste es, éste debe ser el héroe, Juan Sánchez, el río. Los hombres quieren dominar la tierra y el aire y el mar, pero descuidan lamentablemente el dominio del agua que, incesantemente, fertiliza y remueve el mundo. Él, reconstruye todo lo que la torpeza y la saña de los hombres se obstina en hacer pedazos: los mismos hombres, los campos, sus mansiones, la historia almacenada.

Él es el verdadero héroe. Es más, mucho más que un símbolo. Es la vida real y verdadera, desatendida por quienes no la comprenden o prefieren esas vidas apócrifas, fraguadas por los periódicos, en que un hombre, de pronto, sube a un pedestal de piedra, o fija su nombre en la esquina de una calle. No, no, Juan Sánchez. Debe usted venir aquí, frecuentemente a escuchar la lección profunda del río. Véalo cómo, indiferente a las vanas disputas de los hombres, sigue fecundando la tierra de los unos y de los otros. Él dio nombre a Iberia, pero esto sería bien poco –gloria histórica vana– si no hubiese creado y nutrido en cada margen, a puñados de pueblos. Aprenda de él, Juan Sánchez. Humíllese como él, que se filtra y se esconde cuando mejor quiere vivir y hacer vivir. Éste es el fiel ami-

go de los hombres. A nadie pregunta qué piensa, a qué
partido está adscrito, de dónde procede, a qué suerte de
hombres explota...

Porque él se nutre de sí mismo, y de los regalos de sus
buenas amigas, las nubes, que ahora —contemplándolas,
Juan Sánchez— vienen a acariciarlo. Él las fecundará, para
recibir luego su fruto, el mismo fruto que luego ha de ser
repartido entre los hombres. Éste es el verdadero soldado
desconocido, el que gana las últimas batallas, desangrán-
dose por reconstituir vidas humanas maltrechas. Debe usted conocerlo y amarlo —como yo— sobre todas las cosas. Es
la misma vida.

XV. LAS DOS MUCHEDUMBRES

Un cine de la ciudad estrena la «información gráfica» de los últimos sucesos, y Juan Sánchez quiere verse en la pantalla. No quiere confesarlo, pero
Matilde y Arturo se dan cuenta de este deseo y fraguan
una sabrosa entrevista para ese día. En algún palco de ese
cine transcurrieron fugazmente las primeras escenas de su
propio drama.

En la puerta del palco, el acomodador sonríe levemente a Arturo. Un bosquejo de alusión que para Arturo es
más doloroso que una bofetada. Porque el acomodador es
el único testigo del amor subterráneo de Matilde y Arturo, en sus dos primeras etapas.

El acomodador no ha asistido a la tercera y siguientes,
pero su ladina percepción de las curvas inexorables que
describe el deseo amoroso le ha llevado a conocer que los
amantes, transcurrido el primer ciclo frenético de su pasión, pretenden reanudar la feliz trayectoria, buscando en
el recuerdo fruiciones que ya no pueden hallar en la misma voluptuosidad presente.

Aquel hombre de faz dúctil, según índices de generosidad en los amantes, ha asistido desde la sombra a la explosión de un deseo cuyos gérmenes junta el azar en un puesto de libros. La primera etapa —el orden es inmutable en cada caso— transcurre en el antepalco, corridas las cortinas; la segunda, también, pero ya en pleno hermetismo, redoblado el sigilo y la propina. El acomodador sabe que se suceden luego otras etapas en las que él no actúa. El amor en creciente busca otros más amplios escenarios, un hermetismo en nada sujeto a las bruscas alternativas de la luz, a las peripecias de una máquina, a los descuidos de un operador.

Sólo cuando la curva completa ha sido descrita, los amantes regresan al punto de partida y, durante un buen espacio de tiempo, se nutre de sus propias imágenes.

El acomodador sabe que, poco después de Arturo, se deslizará por el pasillo Matilde, como una consonante forzosa en una trivial rima de amor. Y así es, en efecto: Matilde se adelanta y recibe en pleno rostro la sonrisa de bienvenida, que ella hace fracasar con un guiño angustioso. Porque, tres pasos más atrás, viene Juan Sánchez. Y el acomodador conoce, en la propina, los grados de normalidad de aquel fenómeno. Lo anormal ha sido hoy eliminado de aquella pasión tan generosa un tiempo. Y el acomodador, cuya vida económica seria lamentable entre amores legítimos, cierra la puerta y se retira malhumorado.

—Quizá venga después un caballero —le ha dicho, al entrar, Matilde. Pero el acomodador, que hubiese recuperado su alegría si Matilde le hubiese anunciado a una señora, rezonga displicente:

—Está bien.

La sala está completamente a oscuras, salvo esos residuos mortecinos que se van refugiando en el foso donde rebulle la fauna rubia y negra de músicos e instrumentos. La ondulación de las butacas, que avanzan en filas simétricas hacia la ribera clara, es apenas perceptible gracias a esas diminutas linternas que anclan buscando entre las ondas negras algún espacio que aguarda. Pronto, aguzadas las pupilas, se va viendo en lo sumo de cada onda la pálida espuma de los rostros.

Arturo va repartiendo sus miradas entre ambos espectáculos, entre ambas muchedumbres. En la pantalla, la muchedumbre elaborada; frente a ella, la muchedumbre en estado nativo. En la pantalla, un «film» ruso, una multitud desorbitada que va empujando cruelmente a un gran duque hecho jirones.

Multitud expresiva y multitud en estado nativo. Multitud armónica y multitud simétrica, repartida en filas, diseminada en palcos, sin realidad apenas. La sala está llena de rostros agrupados al azar, por contagio, mediante la presentación en la puerta de unos papelitos rojos y azules. Un hilo de curiosidad los fue arrastrando hacia el «film». No tienen representación alguna, cohesión alguna. En un momento de peligro se destrozarían unos a otros. Un momento de placer les hace sonreír a compás.

Un haz de fisonomía sin sentido colectivo, frente a una armonizada muchedumbre, a la que no comprenden. Sólo les complace el «divo». Reaccionan ante el que les fustiga, ante el que les tortura los nervios, ante cualquier ente –individual y voceado por los carteles–, no porque realice una labor personal artística, sino porque su nombre es el primero en el programa. En el cinema se busca la estrella –casi siempre específica, impersonal–, como en la ópera se busca al lindo barítono.

—De todos modos –rezonga Juan Sánchez–, ese hombre ya no ha pasado en vano por la tierra.

—Exacto. Ha pasado velozmente, pero algo queda de él en el mundo. Mañana sus trajes y sus gestos divertirán mucho a nuestros hijos, como a nosotros nos divierten las perillas y las moscas de nuestros abuelos.

—¿Y su gesto? Es algo más que un maniquí.

—Su gesto perdurará mucho tiempo, si ha sabido ser original. Pero dudo que, aparte una docena de rostros, encontremos en el cinema individuos originales.

—Que, además, sean fotogénicos –añade burlonamente Matilde; mientras apoya su pie en el de Arturo, continuando una cadena de mudas -y dolorosas- insinuaciones, sin ningún éxito.

—Lo será siempre, si es original. Por eso los hombres, donde se da con alguna mayor frecuencia el gesto personal, son más fotogénicos. La mujer soporta menos la pantalla. Se le tolera casi siempre por su seducción epidérmica... Pero hay otras bellezas más firmes, poco menos que inencontrables en la mujer.

Entonces el pie no insinúa, tortura.

—Me abruma su delicadeza, Arturo –dice Matilde, mientras le dice al oído–: ¡Canalla! ¡Pedante!

«Todo insulto se convierte fácilmente en un piropo... Basta con una dulce inflexión de voz –piensa Arturo–. Y aquí la inflexión es dulcísima». Mientras, dice en voz alta:

—La pantalla prefiere a la desnudez de la carne, la

desnudez del espíritu. Lo que sólo fueron capaces de realizar algunos artistas geniales. La de la carne suele ser puesta en conserva por cualquier pintorcillo, para estimulante
de las muchedumbres. La piel se pinta fácilmente. El espíritu necesita de otro. Esta prueba de la pantalla sólo yendo
del brazo con otro –y este otro, genial– podría resistirla.

Arturo sigue divagando entre la indiferencia de sus
dos oyentes y los insistentes pisotones de Matilde. Uno de
ellos es tan doloroso que la cara de Arturo se contrae en
una mueca. Al mismo tiempo dan luz a la sala, y la mueca, precipitadamente, se convierte en sonrisa.

—Me esperan ahí fuera –dice, levantándose, Juan
Sánchez–. Vuelvo en seguida.

—Eres insoportable, Arturo, con esa manía de espe-
cializarte en multitudes.

—Es mi profesión. Avanzo en mi carrera, según mi
habilidad en distinguir en un rastro la lealtad o la farsa. Y
en un siniestro, lo casual o lo previsto. No atentes contra
mis intereses. ¡Quieta! Están mirando.

De pronto, la sala va enfocando sus miles de pupilas
hacia el palco. Alguien ha sorprendido la ausencia de Juan
Sánchez y un ademán dudoso de Matilde, y el resto, dócilmente, va siguiendo el cauce abierto por los ojos del primero. Cuando todos están ya fijos en el grupo, dice Arturo:

—Ahí tienes ya tu público. Has conseguido convertir-
te en espectáculo. Regocíjate.

—Son necios.

—Son la masa. Tú has conseguido cosquillearle un
poco la médula, y como un monstruo de mil cabezas, se
vuelve a mirarte, sin saber por qué.

—¡Qué pena! Están destruyendo nuestra intimidad.

Tendremos que recomponerla mañana, ¿quieres? —arrulla Matilde.

—Tengo un incendio difícil.

—El inevitable incendio. ¿Dónde?

—En la Australia.

—Llévame contigo.

—Tienes que atender a tu buen loco. Y, además, ¿ya estás segura de que... «nuestra intimidad» podrá ser recompuesta totalmente?

—Lo estoy.

—¿No estará demasiado averiada? —dice sonriente, en franco tono irónico.

Matilde se transfigura.

—¡Que lo esté!

Como en ella han confluido tantas luces —verdes, azules, negras, doradas— de pupilas, las suyas, ahora más ricas, más confiadas que nunca en su poder de seducción, se clavan insolentes en Arturo. Una voluptuosidad nueva enlaza las dos miradas. La de Matilde desafía; la de Arturo se somete.

—Nos miran.

—¿Quién? Dos o tres amigos que nos conocen. El resto no ve nada: a lo más una pareja anónima. Tienes la manía de las masas. Las masas no existen aquí. Existen algunos espíritus suspicaces. Yo los veo, porque suelo ver la gente al detalle, no como tú, en globo. Harías mal novelista. Yo veo el matiz. Tú sólo ves la mancha descomunal. Ahora estás viendo la de aceite, la de la calumnia, que se extiende por el teatro... ¡Qué divertido eres!

—Ahora soy tu discípulo —dice Arturo, mimosamente–. Pero permíteme decirte que tú sólo ves algún hecho menudo. Yo veo conjuntos. Tú sólo sorprendes un ademán; yo, una corriente de opinión… que ahora nos favorece muy poco.

—Tú no ves nada. El mundo hay que verlo pieza a pieza.

—Y la mujer, palmo a palmo, ¿no es eso?

—Quizás. Ir de la epidermis hacia dentro, no al revés. Porque... Ahí viene Juan.

—Ahora proyectan la información de los sucesos. Yo estuve allí, a los dos minutos –entra diciendo Juan Sánchez–. Y por poco no los presencian los operadores. Acudieron inmediatamente.

—En obsequio, los asesinos debían avisar a las casas productoras de «films» la fecha y hora de los atentados –dice Arturo.

—Algunos conspiradores lo han hecho. Claro es que por cobrar la comisión.

—¡Cállense ya! –replica Matilde–. Están llamando la atención.

La orquesta inicia una piadosa obertura y los espectadores se disponen a una discreta compunción. Aparece en la pantalla el «lugar del suceso», la misma plaza hirviente y dolorida que vio Arturo desde el balcón. Vuelve a aparecer el teniente alcalde y el gobernador, el hombre morado y el hombre caqui. Severos, torturados, llenos de toda la pesadumbre de la ciudad –de la ciudad religiosa, de la ciudad municipal, de la ciudad marciana, que cada uno representa–. Cruzan por la pantalla todas las instituciones, befadas, agredidas hoy por una mano insensata.

Y, tras ellos, otra vez, y siempre, la multitud. Ahora se advierte bien en ella cómo ha respondido a la agresión. Unas caras están contraídas por la cólera; otras, sencillamente alteradas; algunas, indiferentes; no falta rostro donde se delate cierto placer. Allí pueden irse anotando grados muy diversos de ciudadanía, grados muy diferentes de sentido ético.

Porque no toda la muchedumbre vibra con la misma intensidad. Un pentagrama se extiende a lo largo de la avenida, donde se hacen visibles las notas agudas del terror, las profundas de la tragedia, las notas medias de la serenidad, que aquí es indiferencia.

La muchedumbre sigue con avidez contemplándose a sí misma. Todos los espectadores son ahora un solo Narciso, un Narciso descomunal que se mira estremecer en el agua neutral de la pantalla. A unos ojos desorbitados de allá, corresponden otros ojos desorbitados de acá. Suenan exclamaciones:

—¡Ése, ése eres tú!

—Ahora vengo yo!

—¡Aquélla es Paulita![34] Lleva el traje aquel marrón.

—¡El general González!

—¡El guardia 47, mi portero!

—¡Ella!

—¡Él!

Por fin, zarandeado por un grupo de mozalbetes, aparece Juan Sánchez. Matilde da con el codo a Arturo, Juan Sánchez, apresurado, impaciente por sumergirse en la zona milagrosa que abarca el ojo del aparato, en esa zona donde se consigue la inmortalidad, una plástica inmortalidad.

---

34 *Paulita*: Protagonista de la novela, *Paula y Paulita*, publicada , también, en 1929.

Callan los tres. El Juan Sánchez de la pantalla se va acercando. El Juan Sánchez del palco recoge con avidez cada frunce de las cejas de sí mismo, cada gesto de las manos que pugnan por lograr el primer puesto en la masa anónima. Que llega a lograrlo. De pronto, Juan Sánchez, un lamentable Juan Sánchez se instala al mismo borde del marco de sombras, conquista todo el rectángulo, crece prodigiosamente, la masa desaparece detrás de unas mejillas, detrás de una boca, detrás de unos ojos sin brillo, impersonales, comunes, ventanas a la nada, troneras hacia un paisaje ceniza.

Dura la visión unos minutos. Los ojos lamentables, los obstinados ojos, contemplan a la muchedumbre, se contemplan a sí mismos, se asoman, siguen asomándose al implacable espejo... Sólo unos momentos. El frenético oleaje lo arranca de los bordes, lo empuja hacia el abismo. Otra cara usurpa el primer término: una cara fosca, mal preparada para representar la multitud, incapaz de sospechar que durante unos segundos, iba a acaparar toda la pantalla. Y otra, y otra. Forcejean, se defienden inútilmente, pero en vano, hundiéndose en la nada. Aún hace Juan Sánchez otro esfuerzo para asomarse al público, y lo consigue a medias. Se le ve un ojo, la nariz... De las dos muchedumbres brotan gritos de impaciencia. Pasan por encima, lo funden en la turbia corriente. Al fin, desaparece, entre risas de burla.

—¡Ése, ése! –grita alguno desde la galería.

En el palco, los tres continúan –conmovidos– en silencio. En la pantalla, la escena trágica acaba pronto, pero en el héroe fracasado se agudiza con más intensidad que nunca la tragedia. ¡Con qué plasticidad se ha revelado su condición de uno cualquiera, de Nadie!

Arturo está leyendo en lo más hondo de Juan Sánchez, y se propone espantar al negro cuervo de la melancolía. En tono de broma, anuncia el programa de la próxima semana.

—Señores: sensacional noticia. Los bárbaros llegan a este cine en la próxima semana. Vienen al mundo de Wells...

—¡Qué miedo! –interrumpe riendo Matilde.

—Los bárbaros llegan, y no del Norte ni del Sur, no por meridianos ni paralelos, sino perpendicularmente a las grandes urbes, un día, una noche, se trazarán a fuego estas líneas verticales. Como sobre la nefanda Sodoma caerá la muerte sobre Londres, sobre París, sobre Berlín. Si alguien se salva de la catástrofe será porque viva en Las Hurdes [35], en algún rincón de Australia no consignado en el plan de ataque. El novelista Wells escribió un libro más donde anticipa el futuro. ¿Cómo será la historia futura? El libro contesta literariamente a la pregunta. Un buen entendedor del cinema, Alejandro Korda, va a contestar plásticamente. ¿Veremos, oiremos, ese «mundo nuevo» antes de asistir a él? Wells es cronista de tiempos ya vividos, pero también creador de historias por vivir. Es lo que se llama un «utopista». Toma el futuro y, audazmente, instala en él todo cuanto se le ocurre. Pero esto que se le ocurre a Wells, tal vez muy pronto les ocurra a los pueblos. Ya les está ocurriendo. Los estados construyen muchos más cañones que libros, muchos más aviones que escuelas. Un

---

35 *Las Hurdes*: comarca de España situada al norte de la provincia de Cáceres, entre montañas áridas y en muchos casos infranqueables. Para la época era lugar común para designar un lugar atrasado e inhóspito. El cineasta Luis Buñuel filmó en 1933 *Las Hurdes, tierra sin pan*, donde se presentaba esta comarca como una tierra asolada por la más absoluta miseria y abandono.

día, los cañones romperán su mudez, los aviones dejarán caer su bárbara lluvia.

—Wells –pregunta Juan Sánchez– es inclasificable. No sé si es novelista o historiador. Profeta, o sólo fabricante de utopías.

—Algo de todo esto. Verán ustedes. En su libro, y en su «film», marca la noche de Navidad con una cruz negra. Porque una de esas noches de jolgorio comenzará la guerra vertical. Se acabaron las trincheras, las trayectorias horizontales o parabólicas de la muerte. La muerte vendrá no de izquierda a derecha, ni de derecha a izquierda, sino de arriba abajo. He contemplado, estremecido, las primeras fotografías del «film». El mundo, despavorido, corre a esconderse... ¿Dónde? Los sótanos son ya tan vulnerables como las azoteas. Nada se resiste al diabólico empuje. Llamas por todas partes. Bancos macizos que estallan como burbujas, árboles desgajados, muros negruzcos, desplomados sobre algún superviviente loco...

Museos, templos, casinos, hospitales, todo convertido en menuda juguetería para, desde el aire, jugar con ella al «pim pam pum»[36]. O a los bolos... Poco más tarde, un campo desierto, un pavoroso Rastro [37], el gran Rastro de Europa. Y de ese infeliz planeta, ya tan viejo.

—Es un cuadro no muy risueño –comenta Juan Sánchez–. ¿Qué quedó, en fin, del planeta?

—Como los bárbaros del aire no venían a caballo, dejaron la hierba intacta, los nuevos gérmenes en marcha.

---

36   *Pim pam pum*: juego de «prendas» que se juega en rondas. El jugador que tiene el turno debe decir «pim», «pam» o «pum», según lo que diga el turno, y así salta a otro jugador. Si es «Pim» continúa el juego en el sentido original, «Pam» el turno vuelve al jugador que acaba de hablar, y «Pum» continúa el juego en el mismo sentido, pero saltando un jugador. Quien equivoca su turno paga una «prenda».

37   *Rastro*: En Madrid, mercado callejero donde se vende todo tipo de objetos viejos y nuevos. Ramón Gómez de la Serna le dedicó todo un libro. También aparece en la película de Almodóvar, *Entre tinieblas*.

Aparte de esos arrabales de gran ciudad que estaban pidiendo una desinfección. La vida humana ha sufrido un descalabro, pero la animal –y vegetal y mineral– prosigue su inalterable ruta. Cuando lo putrefacto de las civilizaciones desaparece en el gran horno, lo eternamente joven vuelve a ser recibido con júbilo. Wells lanza una fecha: 1980, para dar por terminada la liquidación del mundo viejo y el gozoso comienzo de la nueva etapa. La tierra está desalquilada. Millares y millares de hombres sucumbieron. Sólo queda el impertérrito nómada de tierra o de mar. Al que ahora se junta el vagabundo del aire. Los nómadas del aire serán los que dominen la tierra. Por eso, los pueblos, las ciudades, van a mirar siempre al cielo, adoptarán la actitud «azoriniana» del contemplador de nubes[38]. Porque es en el aire donde se fragua el nuevo poder, la nueva dictadura. ¡Todo el poder para el avión! Sobre las minas, vuela gallardamente -algo fosco- el moderno Atila.

La hierba sigue creciendo bajo sus plantas, porque él desdeña el suelo. Sus sucesores -menos foscos- deciden gobernar la tierra. Gobernarla y reconstruirla. Es la verdadera revolución desde arriba. También quieren ampliarla. En seguida piensan -como Julio Verne- en organizar excursiones a los países fronterizos. A la luna. La tierra es insuficiente, diminuta. Las distancias son irrisorias; el avión las recorre en pocos minutos. hay servicios económicos de circunvalación del globo... No hay aduanas, no hay carabineros. Queda siempre, eso sí, el vagabundo del aire, que alguna vez se divierte desvalijando aviones...

—Y ¿al acabar la guerra? –insiste Juan Sánchez.

—Entonces el núcleo dictador –los aviadores– se en-

---

38   *Nubes*: Azorín en *Castilla* (1912), dedica un poético y filosófico apartado a las nubes, muy celebrado: «Las nubes son –como el mar- siempre varias y siempre las mismas»... «Vivir es volver»... «Las nubes son la imagen del tiempo eterno».

trega a la faena de hacer soportable la paz. Crean la ciudad nueva, el nuevo traje, la nueva cocina, el nuevo hospi-
tal... Lo que no parece que fabrican de nuevo es el amor.
El amor prosigue su milenaria trayectoria. Tal como las
plantas y los brutos, se siguen amando los hombres. El cerebro y el corazón continúan en su sitio. No se ha convertido el cráneo en una central telefónica, ni el pecho en aparato de radio. Se sigue pensando y amando como en los
tiempos de Tristán e Isolda. Eso sí, con leyes decorativas
nuevas. Se acabaron los pisos angostos. Anchos, enormes
palacios de cristal, con algún cilindro por columna. Columnas sin pies ni cabeza, sin base ni capitel. Y pavimentos asépticos, muros desnudos, muebles de una aterradora
simplicidad. (¡Aquellas consolas, aquellos pianos, aquellas
conchas sobre la cómoda!) Se acabaron también las modas.
Traje único. ¿Se escogerá el peplo? No. ¿Algún modelo de
baile ruso? Ambos proyectos se rechazan. Y se escoge el
estilo Tudor, con grandes carteras para llevar papeles de
negocios. Traje simple, manjares concentrados, arquitectura esquemática...

—Sólo el pobrecito amor –agrega burlonamente Matilde– continúa siendo un niño viejo.

—Es el amor, precisamente, quien empuja a dos de
sus víctimas a lanzarse a un viaje sideral. Se construye un
cañón gigantesco, una bala enorme, y dentro de ella, como
en un coche cama, se instala la pareja. Luego, ya se fabri-
carán «balas ómnibus». Se estrecharán las relaciones, no
ya entre Madrid y Londres, sino entre Venus y Marte. No
metafóricamente, sino científicamente. La pareja –científica y amorosa– es objeto de una vehemente despedida. Es

Colón –un doble Colón–quien se lanza a buscar para los hombres nuevas colonias, nuevas residencias de verano... Y nuevas complicaciones diplomáticas, que acaso produzcan los otros, cien años de guerra interplanetaria. Hasta que llegue a la guerra intersideral. Es decir, hasta que se vuelva al verdadero caos. Y de nuevo comience la Biblia.

—¿Admitirá o rechazará todo eso nuestro público? –preguntó Matilde.

—No sé... Pero el mundo está sediento de obras de imaginación. La magia está en crisis desde hace algún tiempo; hay que inyectarle vida, seducciones nuevas, misterios nuevos. Y la seducción, el misterio de estos mundos futuros, tienen esto principalmente de nuevo: que se producen a plena luz. Se prescinde en ellos de las «torturas del subconsciente», de sus encrucijadas y de sus maquiavelismos. ¡Abajo Freud![39] Se va a pintar una vida ingenua, tal vez un poco salvaje, puesto que se vuelve a la primitiva concepción del amor, de la vida entera. En arte, en la vida del sentimiento -que Wells quiere conservar-, se vuelve a la infancia del hombre. Se aprovecha la ciencia durante siglos lograda, para simplificar la existencia. El hombre vuelve a empezar su camino con una técnica del vivir reducida a lo substancial. De todos los viejos misterios, sólo queda el de la misma vida, que aún, a plena luz científica de los laboratorios, sigue siendo misterio. Wells está gozando de lo que no pudieron gozar Tomás Moro ni Julio Verne. Ahí lo vemos, entre los intérpretes de la audaz «utopía». Ve, en imágenes dinámicas, realizado su ensueño. Cada metro de esa película supone meses de ensayos, de esfuerzos. Hubo que hallar fórmulas nuevas... ¡Y era

---

39   *¡Abajo Freud!*: A pesar de esta exclamación, Jarnés, y al igual que Buñuel, Dalí y Lorca, incorpora los descubrimientos de Freud a su novelística. Un análisis sintético de su relación con Freud, Jung y André Breton y el surrealismo, lo encontramos en la sección, «La vida en sueños», del libro de David Conte, *La voluntad de estilo* (88-98).

tan difícil tropezar en esta zona inexplorada! Porque se han alzado ya muchas ciudades del «futuro». Con muros estrictamente limpios de cuadros y de polvo. Con pavimentos sin cabezas de tigre y sin pianos de cola. Era preciso aguzar el ingenio... Y Wells lo aguza. Y con él, Alejandro Korda. Y una nube de técnicos, que –entre otras cosas– han llegado a suprimir la ropa interior y las ventanas. Así puede decirnos Wells que, dentro de cincuenta años, el abuelo recordará a su nieto la época absurda en que las casas tenían una especie de aberturas con cristales, llamadas ventanas, y el hombre -no tanto la mujer- llevaba trajes casi invisibles, que periódicamente enviaba a la lavandera.

—¿Por qué esa prevención contra el modesto gremio de lavado y plancha? –pregunta Matilde–. ¿Por qué ese desdén a las ventanas?

—Acaso porque en la civilización en derribo, todo eso representó excesivamente la inactiva esperanza. ¡Se amontonó en un alféizar tanto verso de amor estéril!

—Menos mal –arguye Matilde– que en la ciudad futura se conserva el amor. ¡Es conservarlo todo!

—Pero un amor aviónico, a toda marcha, que debe arriesgarse a gozar de su luna de miel en la verdadera luna.

Todos ríen. Han llegado al umbral de la casa, donde se despide Arturo, una vez cumplido su deber de ahuyentar al fatídico pajarraco.

XVI. Hallazgos de bibliófilo

En estas excursiones por las librerías «de lance», pocas veces deja de brotar la sorpresa. Arrostrando los peligros del polvo y los microbios, Arturo revuelve infatigablemente las nuevas adquisiciones. Algunos años de investigador fueron haciendo de él un especialista en catástrofes de biblioteca, y por los dos o tres primeros volúmenes que hojea conoce la calidad espiritual –y literaria– de todos los demás.

Porque hay autores que van siempre juntos –como Garcilaso y Boscán, en las colecciones de clásicos–; sobre todo, los novelistas de tal época o de tal grado de fiebre erótica, y a Arturo le divierte reconocer en cada montón a los amigos inseparables.

Esta adquisición donde ahora husmea, rompe las normas. Tropieza con una magnífica edición de Montesquieu, pero junto a ella aparece un estudio sobre el traje de las danzarinas griegas y un tratado reciente de agricultura. Y otro, antiguo, sobre el cultivo de las flores. Un opúsculo sobre la vid... Probablemente se trata de algún ilustre agricultor que ha abandonado definitivamente la tierra. Ni una novela, ni un libro de versos. Pero el estudio sobre las flores rezuma poesía virgen de toda retórica.

—¿Encontró alguna cosa? –pregunta el librero.

—Sí. Una flor para mí desconocida: pamporcino.

—¿Cómo?

—El *cyclamen europeum*. Se encuentra en la Alcarria. Sin duda forma parte de la buena miel. ¿Cómo no nos dimos cuenta?

—Usted siempre tan «sátiro».

Quiere decir «satírico, y Arturo lo sabe; pero le divierte oír a un hombre cuya vida transcurrió entre libros sin que jamás se le haya ocurrido leer ninguno. Su técnica profesional se la van enseñando poco a poco los clientes.

Arturo lee: «El pamporcino de Europa tiene su raíz tuberosa, casi globosa, negruzca al exterior y blanca por dentro, y arroja muchas hebrillas que nacen sin orden de su superficie. Los cerdos la apetecen mucho, y por esto se ha dado a la planta el nombre de pamporcino». Es curioso –comenta–. ¡Yo que creía que a los cerdos sólo les gustaban las margaritas!

Y sigue leyendo: «... Son solitarias, blancas o de color encarnado, y la boca del tubo es violada o purpurina». En una nota se añade: «Esto –se refiere a la boca– es lo que las floristas llaman "ojo de la flor"». Hasta dentro de una hora no podrá ver a Matilde, y hay que derrochar este tiempo en risueñas fruslerías, para disimular tanta impaciencia.

—Le guardo esto desde hace tres días –le dice el librero, mostrándole un pequeño devocionario–. Tafilete, broche de oro... Es precioso.

El librito, juguete voluptuoso para la inquietud de una mano, resbala por los dedos, se acurruca entre ellos, como un mimoso gatito. Es su suave cojín para los dedos fatigados, un pretexto para agruparse en torno.

—Muy lindo. ¿Cómo ha llegado aquí?

El librero le dice al oído, socarronamente:

—Es una pieza de convicción. ¿Quiere reconstruir el crimen? Llévelo.

—Es el «Áncora de Salvación». ¿Algún naufragio?

El librero cuenta la historia del naufragio.

Apareció una mañana, junto a una botella, en uno de los reservados de «Villa Juanita», restorán abierto a unos kilómetros de Augusta, lugar de esparcimiento para las gentes que no ven entre cada día un muro de sombras, sino un amplio casillero donde ir alojando sus caprichos menos confesables. Es el restorán donde el adulterio, el estupro, la estafa y otros fenómenos, al parecer repudiables, van perdiendo su empaque jurídico, convirtiéndose en algo amorfo, apenas definible, silenciado siempre; en algo tan familiar como secreto.

El camarero halló el «Áncora» sobre un diván. Acaso el librito fue el indiferente espectador de un naufragio. El camarero, consciente de su deber, lo guardó en rehenes algunos días, esperando el precio del rescate, y al fin se decidió a hundirlo en el mar insondable de un puesto de libros, también náufragos. También el librero espera obtener de él una ganancia fabulosa, si surge el comprador interesado; discreta, si es desinteresado.

Arturo hojea, indaga, husmea, sin poder hallar rastro de la aturdida enamorada que, de algún templo, tan frío como recatado, salió un amanecer huyendo hacia «Villa Juanita» buscando algún amor más cálido, pero también más turbio.

—Se lo doy barato, por ser usted.

En las tiendas, cada cliente se ve investido plenamente de toda su personalidad, como ante el comisario del distrito que examina las huellas dactilográficas. Las ventas se realizan mejor así, entre un buen tasador y un individuo que lo sea plenamente.

—No lo necesito.

—Para un regalo.

Arturo no se desprenderá ya de aquel librito. Se le va durmiendo entre los dedos, caliente ya bajo las reiteradas caricias. Es la pieza de un sumario en que el delito es el amor.

Arturo repasa las hojas, curiosea unas estampitas candorosas intercaladas en el texto, un recordatorio de defunción. Aspira el perfume. Muy fino, tenue, voluptuoso.

Es acacia.

—Sí, huele muy bien. Se ve que ella...

El librero se detiene en aquel punto sin saber a punto fijo lo que se ve. Arturo lee despacio los nombres de dos adolescentes que acaban de recibir el Pan Divino y aún conservan, en la estampita, su aire de serafín. Las dos muchachas y el difunto del recordatorio le ofrecen sus nombres y su edad, como esos tres puntos por donde podría trazarse una circunferencia cuyo centro es, sin duda, la mujer frágil, quizá la mujer adúltera.

¿Cómo averiguar el nombre de esa mujer situada en el cruce de líneas cordiales que parten de estas tres figuras

acusadoras? Las niñas se llaman Pepita y Mónica... No las
conoce. El recordatorio está fechado en Los Olmos... El difunto es un médico de la dinastía cuyo último ejemplar es
Patricio. Es, sin duda alguna, el padre de Patricio. El lugar, los apellidos determinan exactamente el nombre y
procedencia del cuerpo del delito. El perfume era ya un in-
dicio que hizo estremecer a Arturo. El resto de los datos
lo confirman en su fe. Ya lo cree ciegamente. La culpable
es Matilde, Matilde.

—¡Qué extraña procacidad la suya! –piensa Arturo–.
¿Cómo alguna vez pudo ser tenida por ejemplo de bondad?

Y reconstruye, minuciosamente los hechos... Una mañana, Matilde, desde el templo al que suele concurrir casi
a diario, se decide a dar, cínicamente, el brinco preciso para
saltarse toda una biblioteca de moral piadosa. Matilde ha
visto amanecer en «Villa Juanita», en esa región difusa
donde el día y la noche se relevan sin límite exacto de presencia, donde muchos programas normales de vida se quebrantan con números de fuerza, con invasiones cimeras,
pero intensas, de otras vidas. Matilde ha visto amanecer en
brazos de otro hombre, seguramente Alfredo. No perdona al día ningún crepúsculo, y utiliza indistintamente el
matutino o vespertino, para así disfrutar de toda la jornada. Es también sacrílega... Y las calificaciones de «perver-
sa, sacrílega, infiel, perdida», que siempre le habían hecho
reír cuando las oía gritar campanudamente en los melodramas de vieja estirpe, acuden a su boca atropellándose,
ridiculizándolo ante sí mismo. ¿Qué fondo de gran melodrama se estaba ahora agotando en lo más subterráneo de

Arturo? Otra vez el ventrílocuo insoportable que todo animalejo humano lleva oculto, le iba dictando su discurso ancestral... Pero, tapándole un momento la boca, afectando una excesiva indiferencia, dice al librero:

—Bien. Es insignificante, pero me llevo el «Áncora» fugitiva.

Y luego, menos serenamente, prosigue:

—¿Dice usted que un camarero?...

—Sí, sí, en «Villa Juanita», al amanecer. Y como no hay modo de anunciar esto, porque, ¿usted comprende? Vienen las averiguaciones.., y los maridos.

—Es curioso el lance.

—Suelen ir allá señoras... a oír misa de alba.

—Ya.

—¡Cómo está el mundo, don Arturo!

Pero nadie le escucha este comentario de sainete. Arturo guarda el librito y sale de la tienda fraguando ya las primeras frases del discurso que ha de volcar sobre Matilde en la primera coyuntura. Hoy es imposible. Le acomete un tal desfallecimiento, un terrible deseo de huir, de caer profundamente dormido en cualquier parte, de sumergirse en una profunda soledad, en un silencio de muerte... Perdido el resto de energía que gastó en hablar con el librero, sus brazos penden a todo lo largo de su cuerpo, su cabeza apenas puede mantenerse erguida, todo su cuerpo está a dos pasos de derrumbarse.

Ahora comprende con qué irrompibles lazos está ligado todo lo que él creía poder separar dentro de sí. Cómo su cuerpo sufría con la misma intensidad que su espíritu. Cómo su alma compartía el mismo desmoronamiento de su envoltura física. Todo él, todo aquel Arturo que un día quiso repartir en tres, como quiso repartir en tres a Matilde, aparecía ahora fundido inexorablemente en uno, por una pasión titánica y dulce a un mismo tiempo, reavivada esta tarde por aquel librito, precisamente cuando amenazaba convertirse en costumbre, cuando iba a comenzar —en aquella salita— una nueva época de fáciles alegrías...

Pero el discurso de Arturo comenzaba así:

«Amiga mía: Aquí tienes la prueba de una doble infidelidad. No quiero utilizarla contra nadie, porque se convertiría para mí en un arma de dos filos. Probablemente, ya no soy en este caso más que la mitad de un amigo, la mitad más débil, y es necio revolverse contra la otra mitad. No puedo yo mismo darme un pisotón sin pecar de estupidez. Triste es confesarlo, pero así es: para ti soy, amiga mía, la mitad superior de un hombre, del cual Alfredo es la inferior. Mis condiciones de superioridad sobre esa segunda y bestial parcela, sólo pueden revelarse en este breve discurso. Reconstruyo los hechos. Al dar tu mano a Juan Sánchez, viste con sorpresa que te habías entregado a Nadie. Entonces quisiste desdoblar tu amor en dos, porque Alfredo es un robusto ejemplar de la raza y yo soy un frágil estuche de pensamientos que querías tener siempre a mano como se tiene a mano un frasco de perfume. No sé si deplorarlo o felicitarte.

»Tampoco me dedico a obrar: no suelo nunca decidirme a nada. Podría un amanecer cualquiera, espiar y seguir tus huellas hasta "Villa Juanita", atisbar allí la llegada del jayán[40], sorprenderos... Pero esto a nada conduciría, si no es a intentar una la-

---

40   *Jayán*: mozo de gran estatura y robustez.

mentable fusión de dos hostiles mitades de hombre, incapaces de soldadura alguna, con peligro de llenar una página melodramática en la sección de "atracciones judiciales" de los periódicos... Por lo demás, si es cierto que el hombre integral existe, si de él queda algún ejemplar, tú no mereces poseerlo. Lo perderás en cualquier diván, como el devocionario.»

Pero, acabado de bosquejar, ¡qué necio le parecía este discurso! ¡Qué otra época, tan lejana, la primera época de aquel apasionamiento! Brotó la chispa ante un depósito literario de cadáveres. ¡Si se comenzase a apagar ahora, en el mismo lugar del suceso! Así el incendio hubiera recorrido una trayectoria perfecta, un arco novelesco... Porque el amor es a gran catástrofe novelesca de nuestra vida.

Sin darse cuenta, Arturo va acercándose a la casita de los arrabales donde esta tarde, al llegar la noche, ha de aguardar Matilde. Iban hoy a comenzar las entrevistas interrumpidas por la mirada policíaca de Juan Sánchez. ¡Qué inauguración! Comienza a pensar en desaparecer de aquel placentero escenario, pero sigue hacia él, empujado por una fuerza irresistible.

«A veces el amor –le dijo un amigo– sólo es una superstición. Vestimos la nada con terribles prestigios que influyen sobre nosotros...»

—Tenía razón mi amigo –se va diciendo Arturo–. Somos esclavos de nuestros propios ídolos, de nuestras mismas creaciones. Pero, por eso mismo, por ser nuestras, nos aferrarnos a ellas angustiosamente, como si fuésemos a hundirnos con ellas, si ellas se hunden. De pronto sentimos que bajo nuestras creaciones apenas hay un poco de humo, pero seguimos queriéndolas, defendiendo nuestro querer, corno si defendiésemos nuestra propia vida. Es que ya esa mujer -o esa idea, o ese fenómeno artístico- forma parte de nuestra historia: es hechura nuestra. Además, ¡es tan duro confesar una terrible equivocación! Porque también, también la vanidad defiende sus trincheras... ¿Cómo decir: me he fabricado un ídolo, pero este ídolo no quiso serlo mío? Esa mujer, ya desde lo más alto de su pedestal, declara cualquier día ser una mujer de tantas, un lindo juguete de placer hecho en serie.

Ha llegado Arturo a la casita. Se detiene unos instantes en la puerta y retrocede. Faltan veinte minutos para la hora de la cita. Entra en un café y, en cinco minutos, escribe nerviosamente:

> Matilde; Me es imposible aguardarte aquí. Para vernos; creo haber encontrado un sitio magnifico. «Villa Juanita». Tú sabes bien dónde. Te espero allí mañana, al amanecer. Tú conoces bien la hora. En el cuartito de costumbre.

Firma el papel, lo encierra en su sobre y diez minutos después lo entrega a aquella mujer que un día extendió ante Matilde y Arturo un muestrario de cinturones. Faltan unos minutos para la hora. Arturo baja precipitadamente la que fue «escalerita del placer» y hoy es de negra congoja. Y encerrado de nuevo en el café, vigila la entrada de la casa, como un cobarde espía. O como el verdugo que quiere deleitarse en la contemplación de su víctima.

No tarda Matilde en cruzar la plaza. Arturo puede verla de frente y queda asustado, al contemplarla. Aquel rostro no es el mismo de hace bien pocos días. Demacrada, pálida, sin brillo en los ojos, envejecida, parece un espectro ambulante...

Minutos después vuelve a cruzar, tambaleándose. Arturo la ve apoyarse en el muro, llamar a un taxi, derrumbarse en él, como una ruina. Sale precipitadamente del café, con intención de alcanzarla, pero en la plazoleta no queda ningún coche. Sigue la calle hasta encontrar alguno, pero en vano. Cuando, por fin, lo encuentra, es ya tarde. Matilde habrá llegado a su domicilio...

Piensa en llamar por teléfono, en una visita intempestiva... Pero teme no ser recibido, provocar sospechas, no saber salir airoso en un inesperado encuentro con Juan Sánchez.

Abandona, al fin, todo proyecto, y sigue paseando por la ciudad, como un autómata. Ya no piensa, ni desea, ni siquiera parece que sufre. Apenas si de vez en cuando se alza ante él y súbitamente se borra, el triste fantasma de Matilde. Ella lo contempla un momento con una angustia indescriptible, dejando en Arturo un doloroso estremecimiento. Para no ser sorprendido con estas súbitas apariciones, Arturo llega a cerrar los ojos. Hasta que sale de la ciudad y, como suele, se acoda en el pretil. Porque en el río tal vez podrán quedar fijos sus ojos, sin miedo al fantasma.

Allí descansa unos minutos, arrullado como tantas veces por el ruido del agua. De ella sólo se alza un fresco vientecillo que ahuyenta los ardientes fantasmas. Ha entrado la noche. La ciudad envía al pretil a sus más vehementes parejas, incompatibles con el ruido banal de las que quedan yendo y viniendo por la calle de moda. Es el punto donde arden mejor los corazones. Que el vientecillo refresca suavemente para que no acaben de consumirse. Allí se cultiva el amor profundo, lejos de aquel bullanguero recinto donde se cultivan todas las especies del amor frívolo. O del amor simplemente utilitario.

Arturo se decide a abandonar a los amantes toda la extensión del pretil. Algunos se han sentado, de espaldas al agua. Otros, pasean enlazados, otros, sencillamente, forman uno solo, sin temor a los apacibles guardias, incapaces de atender, uno por uno, a tanto incendio erótico. Arturo piensa en regresar a su domicilio, donde aguardará, trabajando, la medianoche. Al arrancarse del pretil, le recorre un frío temblor... ¿No está allí Matilde del brazo con Alfredo? El hombre es él, efectivamente. Ella hunde la cara en un cuello de piel...

Es su misma estatura, su mismo andar. Le parece escuchar un sollozo... ¿O es un roce del viento con las ramas? ¿O todo nace del cerebro –en plena invención– de Arturo? Se acerca... No es Matilde... ¿Por qué iba a serlo? Probablemente será la sucesora de Matilde.

¿Por qué Arturo vuelve a la ciudad tan reconfortado? ¿Qué le importa ya Matilde, después de conocer –tan dolorosamente– aquellos capítulos de su veleidosa historia? Pero respira anchamente, como si ya tuviese, al menos, la esperanza de una futura renovación. Vuelven a resonar en sus oídos las palabras que escuchó en Los Olmos: «¡Es muy buena, muy buena!» Sin saber por qué, empieza a creer en ella...

Tal vez como un náufrago se agarra al más frágil cable... Al llegar al hotel, un muchacho que aguarda en el vestíbulo le entrega un sobre y, sin aguardar respuesta, desaparece. Rompe Arturo febrilmente la envoltura. Dentro, un papelito con esta sola palabra: «Iré».

XVII. Nocturno y fuga

No puede Arturo contener su impaciencia. Se proponía descansar unas horas, pero –después de emborronar inútilmente unos informes– sale del hotel, próxima la medianoche. Recorre algunas calles donde la vida ciudadana languidece ya, sólo nutrida por algún solitario empedernido, o por esos grupos de mozuelos que salen a la calle con el propósito de perturbar el sueño del consecuente madrugador.

Luego utilizará uno de los últimos tranvías para llegar hasta «Villa Juanita»[41] donde, leyendo un libro, se propone aguardar a Matilde.

Una hora después, se encuentra sentado en la tenaza encristalada de «Villa Juanita», ante un bien perfilado camarero y una barroca minuta de deleites alcohólicos. El resto de los placeres de aquel «foco de perversión» –según se le llama desde los púlpitos– está bastante reducido de tamaño. Un *jazz-band* anémico, fatigadísimo, unas parejas desmadejadas, pero convencidas de su deber de ale-

---

41 *Villa Juanita*: «Creo que se trata de una novelización, muy deformada, de *La Palmeras*, el merendero con pista de baile –en ocasiones se montaba en ella un tablao, pintoresco ring de boxeo...», escribe Ildefonso-Manuel Gil en *Ciudades y paisajes aragoneses* (39). Villa Juanita reaparece en *Escenas junto a la muerte*.

grarse a toda costa, para justificar el importe de la minuta... El libro de que Arturo va provisto no acaba de asomar su impertinente lomo. «Será más discreto aburrirse
–piensa Arturo– para ponerse a tono...»

Faltan unas tres horas para el encuentro. Las tres horas menos propicias para mantener una tensión física ni espiritual, para sostener vivo un deseo. Es junio, y la estación
aún guarda para el corazón de sus noches sus nostalgias
del invierno. Pronto quedará solo en la terraza. Los clientes se van repartiendo por las celdillas silenciosas donde se
elabora el amor comercial. Hay trasiegos frecuentes. Los
coches van y vienen conduciendo tedios y vehemencias. La
ciudad envía a «Villa Juanita» remesas variables de locura, siempre de acuerdo con la temperatura de la noche.

Ha callado el *jazz-band*. Las caras van perfilando su
gesto más turbio. Las líneas se relajan, los colores se empañan; algún ebrio deja caer la copa, que rueda a veces
bajo la mesa, acabando con un estrépito el torpe y oscuro
gesto de las manos. Hay un momento en que la noche sólo
se mueve con ademanes de cansancio. Esta prolongación
del día, que con tal ímpetu ha irrumpido en el siguiente,
va perdiendo vivacidad; las válvulas de sus gritos han perdido su tensión: a veces, quedan abiertas, dando paso a plebeyas caravanas de bostezos.

Arturo queda adormilado. Se abre dentro de él la
puerta de comunicación entre el sótano de las imágenes ol-
vidadas y su taller de reparación y reconstrucción. Los menudos obreros –siempre aturdidos– barajan las piezas a capricho, y el primer amor –¡tan púdico!– de Arturo asoma
la cabeza guiñando los ojos como el último –¡tan cínico!–,
como la última atracción del programa.

Arturo se frota los ojos, queda unos momentos alerta, en plena vigilia. Una risa menuda le hace volver la cabeza.

Nadie. Un camarero, a lo lejos, le mira sorprendido. No suele ver consumidores puentes, noctámbulos que se decidan a unir dos días de crápula con tan soñolienta, con tan silenciosa pasarela.

Vuelve Arturo a dormitar. Su frente se apoya resueltamente en la mano. Ofrece el perfil de un buzón filosófico, hundido hasta la entraña de un problema. Pero en lo más hondo sólo hay una pierna, que vuelve a removerse, a disparar sus jaculatorias al cielo. De pronto, surge también un brazo, un brazo redondo y desnudo, terminando en un rubí, en otra rama de coral, que se pone en la cabeza de Arturo.

—Perdona, creí que eras Pepe.

—Puedo serlo, si quieres.

—Antes, acaba de despertarte.

En ese estado intermedio, Arturo puede asumir —ya lo hemos visto así en brazos de Rebeca— todas las personalidades. Hay un vestíbulo donde la especie puede adjudicarse el bastón y el sombrero —y la voz y el rostro— de todos los que circulan por la casa. Para salir a la intemperie, Arturo no vacila en tomar del perchero todo lo que allí ha dejado Pepe.

Irrumpe en la cruda realidad. La pierna. La pierna está allí con su zapatito de piel de serpiente...

—Tienes unas piernas deliciosas. ¿Muy caras?

—Han bailado mucho. Todo les será perdonado porque bailaron mucho.

Ríe como después de haber cometido una juguetona profanación.

—Hablas como el «Áncora».

—¿Qué?

—No puedes comprenderme. Es toda una larga historia de amor y celos.

—¿Misterio?

—Quizá no pasa de tontería.

—¿Te gustan mis piernas? Me gusta invitar con ellas a los amigos. El baile las tornea, las endurece. Fíjate en esa línea, cómo nace y cómo muere.

—Nada muere en ti. Donde acaba un perfil, arranca un haz de curvas. Como al final de un tallo se abre una estrella.

—¿Eres poeta?

No, debí de ser filósofo, pero soy —entre otras cosas— agente de seguros.

—¿De vida?

—Contra incendios. Pero con mi más querido cliente he fracasado. No puedo ser cliente de mí mismo. Yo no puedo asegurarme.

—¡Qué gracioso!

—Me prende cada llama. Me hace arder cada cohete. Las emociones que en otro son momentáneas centellas, en mí encienden largas, interminables hogueras. Soy el peor cliente de la Casa.

—Funda una Sociedad de Seguros contra el frío, O contra la cursilería.

—¿Me crees cursi?

—Corres el peligro de serlo, si sigues esperando lindas tapadas de tres a seis de la madrugada. El amor tiene sus horas, como el comercio.

—El amor comercial.

—Ese que tú llamas así, no pretende ser amor sino algo más serio. Es deleite puro.

—Puro deleite.

—Lo mismo da. Quería decirte que el amanecer es bueno para el puro apetito o el apetito puro, como quieras, no para el amor dramático. Porque supongo que tu amor será un amor dramático.

—No mucho. Estuvo hace tiempo en decadencia. Hoy quiero asistir a su resurrección.

—Te la deseo muy alegre. Pero a estas horas no se piensa ni se maquina. Se desea, sencillamente. El frío del amanecer estimula...

—Sí, ya veo que conoces bien las bromas del instinto.

—Las maravillas del instinto. Yo sé que un poco de frialdad y otro poco de dureza le sientan muy bien.

Ríen jovialmente. Ella se sienta junio a Arturo, le enlaza, coquetona.

—¿Me convidas?

—Por qué no?

—¿De veras esperas a alguien?

—Si, pero faltan dos horas... Mi amiga no trasnocha, madruga.

—Eres un modelo de resignación apasionada.

—No quiero acostarme. Y me canso de dar vueltas por la ciudad. La noche tiene pocas sorpresas.

—Excepto yo.

—Excepto tú. Porque además de tus primorosas piernas, tendrás algo que decirme. Cuéntame tu vida.

—No tengo.

—Por lo menos tendrás alguna imaginación para inventar una.

—Ni eso. No opero por fantasía, opero por cálculos.

—Me parece muy bien. Pero comenzarás con algún momento patético, incalculado...

—¡Oh! Es el que más números me costó. Nunca he escrito tantas cifras. El negocio era entonces más serio. ¡Nuestro gran negocio!

—Me das frío.

—Sí, estoy asegurada de incendios. Haría buena cliente tuya. ¿Firmamos un contrato?

—Espero a esa amiga... no profesional del cálculo, aunque muy poco asegurada.

—¿La conozco?

—No sé. Todo es posible.

—Lo que yo decía. Plan doméstico.

—No es plan, es un problema. Bebe.

Ella subraya con el mosconeo de una zarzuelilla el mutismo de Arturo. Riendo estúpidamente, irrumpen en la terraza dos parejas. Dos últimos juerguistas se complacen en hacer retroceder todo lo posible los minutos postreros de su minuta de deleites, mientras las infelices alquiladas bostezan sin ningún escrúpulo.

Arturo mira el reloj, y queda sorprendido.

—Te has engullido una hora en cinco minutos. Sígueme hablando. Cuéntame el éxito de tu primer... cálculo. De tu caída.

—Yo no caí. No he caído nunca. Eso son cosas de los tangos.

—De los tangos, es cierto. Pero, no creas, hay una larga tradición. Eso se ha llegado a complicar con la más empingorotada prehistoria.

—No me importa. En mí todo ha sido, sencillamente, una cadena de contratos.

—Que también puede ser una cadena de conflictos.

—Lo fue a veces para algún amigo. Creo que, como tú, he provocado amores eternos. No soy responsable de que algún mozo no sea tu cliente. Debéis activar la propaganda. La juventud es inexperta. Hay que asegurarla.

Guiña picarescamente los ojos. El rojo de sus labios se mantiene impecable. Hay en sus dientes una fragante juventud, y en sus manos, una sabia destreza para recorrer los nervios de Arturo.

—¿Cuánto hace que trabajas?

—Siempre. Desde niña. Con mucha suerte, y malos y buenos empresarios. Ahora hay que bregar un poco. Hay mucha competencia, no de gente que siente la profesión, eso no... De gente que la lamenta. Y hay muchas aficionadas. ¿No bebes?

—Bebe tú.

—Podríamos seguir charlando con menos testigos. Me molestan esos estúpidos y la noche, aquí, refresca mucho.

—Bien.

En el reservado, las manos de ella se posan de nuevo en la frente de Arturo.

—Estás triste. Muy triste.

—Sí, un poco.

—¿Cómo te llamas?

—¿Qué más da? Soy uno cualquiera. Nada más.

—Voy a alegrarte.

—Prueba. No me opongo.

—Cuando acuda tu dramática amiga, la podrás recibir sin fiebre. Yo te devuelvo la serenidad. Tengo primores en esa clase de reconstituyentes.

—Los supongo.

—¿Crees conocer todos los matices? Conmigo hay sorpresas.

—¡Vanidosa!

—Recorrí Europa. Me llevaba un hombre de ciencia que tenía que asistir a unos congresos de Histología, o no sé qué... Durante las sesiones, yo recorría las calles, las plazas, husmeaba, sonsacaba, cazaba maravillas exóticas. Al regreso de Berlín, mi sabio me dejó por una mecanógrafa. Porque, según él, yo sólo era una preciosa bestia inútil, excesivamente alegre para un especialista en enfermedades del corazón.

—Podía haber estudiado el tuyo.

—No tengo.

Las cuatro. Las cuatro y media. Ella se ha dormido en los brazos de Arturo. Comienza a marchitarse el cereza de sus labios. El amanecer va diluyendo su helada ceniza sobre el grupo, también marchito.

—Vete, pequeña. Va a comenzar la representación. Gracias por este delicioso entreacto. Toma.

—Gracias. Pero no le llames entreacto. Quizá vale por el espectáculo entero. En todo caso, ha sido un puente entre tu tedio y el amor friolento que va a venir. No le llames entreacto. Es uno de los momentos más graves dc tu vida, porque en él has llegado a ser tu propio cliente. Yo, deleite puro, amor que se adquiere como una corbata, te aseguro tal vez de muchos formidables incendios. Quedas inmunizado. Ahí te dejo, ya solo con la razón. Verás qué bien te sale la escena. Podrás acomodarla al gusto clásico, hacerla perfecta, de orden frío. Porque el instinto no te dictará ninguna voluta barroca. Estás por encima del deseo. Eres dueño de ti, estás «plenamente asegurado».

—Vete.

—Salud. ¿Lo oyes? «¡Plenamente asegurado!»

Sale riendo, un poco soñolienta, sin brillo en los ojos, arriada toda su belleza. Se sume en un coche, desaparece.

XVIII. La heroína fiel

La noche –de agonía artificialmente prolongada– muere definitivamente. Su último aliento ya nadie lo advierte ante la llegada del día niño que llega frenético, intactas sus fuerzas, tenso y vibrante como un dardo.

El primer coche que anuncia el día vuelca en «Villa Juanita» una muchacha azorada, casi una adolescente, en brazos de su maduro iniciador. Rápidamente se sumergen en un reservado... Acaso la mañana comienza inaugurando una mujer.

Arturo, de espaldas a la luz, avizora la carretera. Las figuras se desprenden de los coches al modo impresionista, arrastrando aún los residuos de la noche. Han acabado las complicadas toaletas, inventadas para la cruda luz, y se suceden las elaboradas para escamotearlas, para mejor escabullirse en las sombras.

El día –recién venido– va arrojando de su cuna los últimos profanadores del día muerto, y destaca una guerrilla de pudores domésticos, una avanzada de sentimentalidad, todo muy mal avenido, aún mal fundido en una clara y clínica intención. Porque en muchas de las escenas de esa hora estratégica —como todas las de transición— suelen intervenir dos vidas, almas a dos vertientes.

Al cinismo de las actrices profesionales que ya abandonaron el campo de batalla, dejando tras ellas un puñado de copas rotas y unas espléndidas facturas, sucede el recato de estas otras, mediocres actrices de incógnito, cuya voz apenas se oye, cuyo rostro apenas se adivina, cuyo paso es vacilante, mudo; cuya efervescencia se concentra en sólo el pecho —volcánico, desbordado—, por cuyas desgarraduras se ve asomar tímidamente una vida monótona, sumisa, que se resiste a ser zarandeada, violada, bruscamente rota por estos números excepcionales que provoca su presencia en «Villa Juanita».

La mañana, con sus riendas de hielo, va frenando su espumoso lirismo.

Arturo siente frío. Le acomete el ansia de arrebujarse en su lecho de todos los olvidos, de sumirse en el día nuevo, bien bañado de adherencias enfermizas, restañando de tizne anecdótica, podado el último retoño pasional hacia Matilde; le acomete la tentación de arrojar el «Áncora» al río y renunciar al goce de una inútil escena dramática, de la cual ya se siente espectador, más que actor...

Pero un «taxi» que llega en aquel momento va a torcer todos estos propósitos de inhibición. Porque del taxi, cauta, desfigurada por un velo, se desliza Matilde y, discretamente, como si tuviera ya bien conocido el plan de maniobras galantes, se oculta en un reservado, seguida discretamente por el mozo...

Sola. Y, en seguida se advierte que cruza no un camino de placer, sino una calle de amargura.

Arturo, con las manos en la cara, contempla, al través de la reja de sus dedos, la cautelosa maniobra. Matilde, como en el crepúsculo de la tarde, observa en todos los preliminares el más escrupuloso régimen.

Para salir a escena sólo hay ya dispuestos dos personajes. Falta Alfredo, falta Juan Sánchez... En aquel reservado, frente al congelado amanecer, podría ahora llegarse al decoroso fin de este relato... Pero el alba es una gran disociadora, el momento menos propicio del día para ejecutar —cálido, frenético— un razonable epílogo, un buen último acto de drama.

Todo lo más característico del hombre está dormido en Arturo. Apenas queda de sí un poco de carne desmoronada que tiende a apagarse, a borrarse entre materias blandas —pluma, lana, algodón— y esperar allí una resurrección de energías. Al fin, el sol comienza a invadir los aleros, ya corretea por los montes, siempre juvenil, retozando entre dos nubes. Arturo recibe el sol como un leve estimulante, le tiende los pies para que se los dore; le ofrece la cabeza desnuda, todo su cuerpo y su espíritu para que se los caliente.

Se levanta y, con esta inyección luminosa, se siente más acometedor. Se dispone a sumergirse, rápidamente, en pleno drama. Se acerca al reservado y llama con los nudillos. Una voz suave le invita a penetrar... Allí está Matilde, sentada junto a una ventana, esperando. Por su cara —la misma cara envejecida que Arturo vio en la plazoleta— pasa una gozosa ráfaga. ¿También ella siente la renovadora caricia del sol? Arturo se adelanta y, en vez de estrecharle la mano que se le tiende, coloca en ella el «Ancora», diciendo con un aire de fingida sencillez:

—Olvidaste aquí este libro, hace unos días, y aquí mismo era justo que te lo devolviese.

Matilde lo acepta, azorada, en silencio, y levanta sus ojos suplicantes hacia Arturo. Quien, implacablemente, agrega:

—No creas por esto que pretendí ser tu detective, no. Ha sido un caprichoso azar... Al parecer no todos los camareros conocen a sus clientes. Alguien hubo aquí poco discreto, y el librito corrió una pequeña aventura: fue a parar al mismo punto donde nos conocimos. Sin duda, con el fin de separarnos...

—Sigue.

—Un pintoresco lance que yo quizá no he comprendido bien. He alargado un poco la anécdota. Debí devolvértelo en silencio, sin frases... Pero no fue así. A mi vez te ruego que me perdones, y me permitas salir.

—No te lo permito. También yo tengo que hablar.

—Mi hora –si aún quedan de esas horas– es otra. Te aguardo al otro crepúsculo, más cálido, pero más fatigoso que el de estos instantes. Yo lamento que en este amor a dos vertientes me haya tocado a mí la hora de la tarde. Quizás en ella no hiciste sino recapitular, resumir un poco la anterior...

—Sigue, acaba de una vez.

—No es un reproche. Ni una ironía. Es un producto de mi modesta experiencia. Un día me cambiaste el nombre. Me llamaste Alfredo, y yo advertí desde entonces que tu amor se duplicaba con cierta falta de justicia. Al menos, hay que otorgar a cada uno su propio nombre, no convertirlo en un ente específico, es decir, en Nadie.

Matilde no responde, oculta la cara entre las manos. Un momento alza los ojos y Arturo le sorprende una lágrima. Se acerca a ella, la acaricia.

—Perdón, Matilde. Estuve insufrible y más injusto que tú. He sentido un momento esa ridícula idea de dominio que suele sentir un marido cualquiera que ve codiciada a su mujer. Y, ahora, déjame salir. O ¿quieres que te acompañe a alguna parte? ¿Por qué lloras?

—¡Porque mi equivocación ha sido terrible, espantosa! Te creí diferente... Veo que eres como todos los demás. ¡Este es mi dolor! No lloro por mí, lloro por ti, por ti, solamente.

—No te comprendo bien, Matilde. Este librito...

—¿Me has preguntado siquiera si ese librito me pertenece?

—Juzgué, por todas las apariencias, que lo habías perdido tú.

—¿Y a aquellos a quien dices querer, sólo los juzgas por apariencias? ¿Y esas apariencias deciden de tu querer? Si es así, vete ya, y bien lejos de mí. ¿Me has preguntado alguna vez por mi vida verdadera, por lo que decide de mi vida de la calle? ¿Conoces bien los motivos de mis... condescendencias con Alfredo?

—Perdóname. Soy un aturdido, es verdad; pero tú nunca has dejado traslucir nada.

—¿No te dije que ayer, en la tarde de ayer, ibas a saberlo todo? ¿Tuve alguna vez tiempo de abrumarte con la pesadilla de mi vida fracasada? Si lo tuve.., preferí tus caricias risueñas a una hora de triste fatiga que acaso no hubieras querido padecer.

—Eres injusta conmigo.

—Para ti sólo quise días de placer.

—Pero así corrías el peligro de fingir una vida ajena a la tuya. Así no eras tú misma. Eras cualquier otra.

—¡Eso es lo que yo quería ser, cualquier otra! Con tal de que no me faltases tú. ¿Qué me importaba aparecer desenvuelta, jovial hasta el cinismo, si con todo esto podía mejor acariciarte, conservarte a mi lado? Sorprendí en ti una cruel infantilidad frente al dolor, y jamás quise arriesgarme a perderte. Una mujer triste, probablemente no la hubieras soportado, lo sé.

—Me calumnias.

—Eso quisiera, haberte calumniado. ¡Qué gozo poder rectificar!

—Rectifica... Pero los hechos, este librejo, aquellas palabras, ese amor compartido...

—¡Yo no he compartido nunca mi amor! –interrumpe enérgicamente Matilde–. Tú no conoces los hechos. Muchas veces quise que los vieras por dentro, pero no me fue posible... O temí envolverte en un conflicto. Ese librejo me condena bien superficialmente... Hostigada por Alfredo, he venido aquí dos o tres mañanas. No podía desobedecer.

—¿Por qué?

—No me atormentes, no me obligues a decirte que nuestra vida familiar, aun nuestro mismo sustento, dependían de Alfredo. Que Juan hace ya tiempo que gastó sus

últimos recursos; que Alfredo viene engañándolo con supuestos negocios, con manipulaciones de Bolsa, con em-
bustes de los que yo me doy vagamente cuenta... Y llegó el
día en que tuve que acceder a todo. Por él, por ese infeliz
que, desde que nació, anda buscando una personalidad
que nunca tuvo, que nunca tendrá.

—¿Cómo le seguiste?

—Porque al principio creía en él. Muchas gentes cre-
yeron en él. Ahora es un ridículo náufrago... Patricio, mi
primo, dice que Juan es un Quijote fracasado, y a mí me
llama Sanchica. Quise, es verdad, ser la mujer que allana-
se la vida del héroe; pero uno y otra, héroe y escudero, hemos naufragado totalmente. Entonces llegas tú, risueño,
prometedor de días risueños. ¡Qué suplicio! ¡Depurar un
amor de toda antigua escoria para ofrecértelo, y tú no querer darte cuenta! Mi vida, puesta en orden, quería incor-
porarse a la tuya. Todo lo que soy, cuanto valgo, quería ser
juguete de un niño cruel, ofrecerse a sus caprichos, aunque se rompiese en el juego: mi alma y mi cuerpo, mi presente y mi futuro, querían ser tuyos. Y tú ¡qué lejos de mí!
Después de esfuerzos sobrehumanos, logré apartar de mí
el burdo apetito de Alfredo, a quien un día me rendí –mucho antes de conocerte– por salvar a Juan, por atender al
decoro de un hogar hace ya tiempo resquebrajado... Ahora, estoy completamente sola. Alfredo se dio cuenta de su
error. Aunque gozase de mi cuerpo, nunca –él lo sabía–
hubiera gozado de mi intimidad. Juan, por su parte, hace
meses que huye de ella. Ve en mí un mudo testigo de sus
fracasos. ¿Cómo no iba a serme hostil? A su lado, hoy más
que nunca, sólo puedo ser una sierva, un dócil animalejo,

sin voluntad, sin deseos, sin nada que desde lejos me anime a seguir viviendo.

—Te está animando desde cerca.

—¿Cómo voy a creerte? Yo no quiero consuelos, quiero una verdad por amarga que sea. Hoy más que nunca la necesito. Ahora, precisamente.

—Qué ocurre «ahora»?

—Algo estupendo. Juan no vino a casa en todo el día. Tampoco vino Alfredo. Sospecho que algo traman a espaldas mías. Hace un mes que andaban cuchicheando, ocultándose. Sospecho que proyectan alguna «operación» ruidosa. ¿Qué clase de «operación»? No lo sé. Tal vez, a estas horas, están los dos en la cárcel... Por eso quería ayer hablarte, a todo trance. Y tú... Pero te disculpo, Arturo, te disculpo. Creí morir, cuando leí tu papel, escrito, como siempre, con infantil crueldad. Escrito, ante todo, confiésalo, por una vanidad herida.

—Lo confieso.

—¡Si siguieses diciéndome la verdad, por muy amarga que fuese!

—Es necesario intervenir en esos turbios manejos, hay que denunciar a Alfredo, decir la verdad acerca de Juan Sánchez.

—Quién nos creerá, sin pruebas? ¿Quién podrá decir nada antes de que se consume el hecho? En casa, no hay papeles. Todos los guarda Alfredo.

—Entonces, huir.

—¿Adónde?

—Te queda tu familia.

—¡Mi familia! Allá, en un pueblecito del Sur, mi madre, unos hermanos, viven miserablemente. Tampoco me acogerían muy gustosos. Nunca les envié dinero, a ellos que creían ver en mi boda un gran negocio. Mi padre, pariente de la anciana que conociste en Los Olmos, murió muy joven. Era el hijo pródigo de la casa. Salió de ella dispuesto a conquistar el mundo con los pinceles y jamás pintó nada que valiese la pena. Algunos monótonos paisajes. En cambio desbarató un buen negocio de harinas que hubiera bastado para poder vivir... Entonces comenzó a gustarme la pintura, y así nacieron mis simpatías por Juan Sánchez.

Un día elogió una tela de mi padre, en una horrible exposición de provincias... Entonces Juan escribía unos artículos que todo el inundo, excepto yo, calificó de insoportables... Entretanto, su hermano, el médico de Los Olmos, proyectaba ser –lo decía riendo– el mejor médico de pueblo conocido hasta la fecha. Lo mismo que su padre y su abuelo, quería ser un buen médico de pueblo. No los hubo mejores en la comarca: todos lo dicen.

—Son dos modos de vivir bien diferentes. El segundo es más práctico... Pero no condenemos precipitadamente a los que prefieren el de Juan Sánchez. Tendríamos que condenar a Don Quijote y a Sancho, ambos alumnos de la misma escuela.

—¿También Sancho?

—Sí. Sancho y Sanchica. Los dos son aspirantes a héroes. Y los dos llegan a serlo. El uno por su fe en sí mismo, el otro por su fe en el caballero.

—Y en Sancho, en Sanchica, ¿nadie tiene fe?

—Un niño cruel va a creer en Sanchica. Un niño cruel

que rompe todos los juguetes que se le ponen delante...
Cruel, pero no mucho, mucho... Porque a algún juguete
nunca lo abrió para ver qué tenía dentro del corazón.

—Hasta que el mismo juguete se abrió el pecho y se
lo ofreció todo acribillado de penas... ¡Amor mío!

Suavemente, va Arturo estrechando a Matilde, hasta
quedar tan juntas las bocas que ellas solas, sin ningún empuje de la voluntad, se derrumban una en otra desesperadamente, como si ya nunca hubieran de separarse.

Momentos después, habla Matilde:

—¿No podríamos salvarlo?

—Lo intentaremos. Por lo pronto, vámonos de aquí.
Tengo frío, sueño... ¡Qué día!

—Como quieras. Llévame.

Salen. «Villa Juanita» queda vacía de sus últimos
clientes. El coche va recorriendo paisajes ya recién recons-
truidos por el sol. A lo largo de los campos se arrastran pe-
rezosamente las yuntas. Matilde va acurrucada entre los
brazos de Arturo. Friolenta, estremecida, sonriente. Arturo, destrozado por tantas horas de insomnio y de extrema
agitación, va quedándose dormido.

—Descansa unas horas –le dice Matilde–. Ven a verme al mediodía.

Un poco más tarde, hunde Arturo su cuerpo desnudo
entre oleadas de blancura que definitivamente lo anegan.
Va a asistir a una catástrofe. Pero de entre los escombros
brotará, como siempre, una vida más pujante, depurada.

XIX. La goma de borrar

Cuando Arturo, ya cercano al mediodía, entra en casa de Juan Sánchez, lo sale a recibir Matilde, húmedos los ojos, vacilante, no menos espectral que ayer, con señales evidentes de no haber dormido. Se preguntan los dos ávidamente:

—¿Nada?

—Nada.

—Yo telefoneé a la Comisaría –dice Matilde–, pero nadie tiene noticias de él. ¡Habrán huido! ¿Qué nos aguarda, Arturo?

—A Juan Sánchez, un sanatorio. A ti... Sanchica sin héroe, te aguarda el amor.

—¿Quieres que telegrafíe a Los Olmos?

—Tal vez sea prematuro. Llamarías demasiado la atención. Aguarda hasta la noche. Probablemente nuestros temores son infundados, y ese proyecto de hazaña se quede en vacío proyecto, como otros tantos. Alfredo no está loco, ve desde muy lejos... No conviene dar una pista ingenuamente. Yo voy a dedicarme a buscarlos. Alguno de sus amigotes ha de saber algo. Aguarda aquí mis noticias. Cada tres horas, yo procuraré que las conozcas. Debes comer algo, dormir, descansar.

—No puedo. ¿Qué va a ser de nosotros?

—¿No te lo dije? Juan Sánchez a una casa de salud; Sanchica, a mis brazos.

—Siempre.

Se dan un beso de urgencia, silencioso, provisional, y Arturo sale de la casa, decidido a encontrar a Juan Sánchez. Recorre algunas casas comerciales, oficinas de Banco, casas de socorro... Nadie puede darle noticias. En alguna parte le guiñan el ojo... ¿Saben algo? ¿Están en el secreto? En una ventanilla, le apuntan:

—¡Bueno, bueno, está su amigo! No doy por él diez céntimos.

Luego comienzan los rumores, cada vez más insistentes. ¡La gran estafa! ¡Valores escamoteados!... Pero nadie sabe exactamente en qué consiste la gran hazaña.

Arturo está ya desesperado. Agotados los medios extraordinarios de encontrar a Juan Sánchez, se decide a utilizar los más triviales; sentarse junto al velador y esperar. Allí comenzó su aventura con Juan Sánchez. Que termine allí... A los quince minutos Arturo se siente zarandeado por una mano estremecida. He aquí a Juan Sánchez, todo temblando, desorbitado, con un «satánico» brillo en los ojos, que le dice al oído, con voz ronca:

—¡Por fin!

—Por fin, ¿qué?

—Hoy se hablará de mí en toda la ciudad. Mañana, en toda España.

Arturo teme por el equilibrio del amigo firmado y rubricado. Abre más los ojos, preguntando;

—Diga. Siéntese.

A borbotones se le derrama la confesión. Juan Sánchez habla de una estafa magnífica al Banco Agrícola. ¡Una estafa genial! Miles y miles de pesetas. Familias en la miseria. Muchos empleados comprometidos... Arturo comienza a creer en el definitivo fracaso mental de Juan Sánchez.

—Y aquí me ve usted, encaramado sobre mi propia obra. Subido a la catástrofe, poniéndome por pedestal mi propia deshonra. ¡Todo, antes que pasar borrado por el mundo!

Arrostrará los insultos, las blasfemias, los gemidos de las víctimas. Será el «blanco de las iras» de Augusta, acosado por la Prensa, zarandeado vivamente por la popularidad.

—¿Qué ha hecho usted?

—Lo he sacrificado todo; posición social, amigos, hogar. Pero mi triunfo será definitivo.

—¡Huya usted!

—No.

—Hágalo por Matilde.

—No. Espéreme aquí. Van a detenerme de un momento a otro. Mire la gente. Ha corrido ya el rumor. Se miran sorprendidos, preocupados. ¡Es mi obra! Espié los alrededores del Banco Agrícola. ¡Un delicioso espectáculo! Gentes apresuradas que preguntan llenas de zozobra, que recorren los pasillos, las ventanillas. Sollozos de viudas, rugidos de cuentacorrentistas... Verá usted: todo irá concentrándose en derredor mío. Seré llevado en triunfo a la cárcel. Un triunfo al revés, pero con igual número de espectadores.

—Vámonos de esta plaza. Subiremos a Bella Vista. Desde allí esperaremos los sucesos.

—No. Váyase usted, Arturo. Prevenga a Matilde. Yo escribiré desde la cárcel.

—Es inútil. No le abandono. Venga conmigo.

Juan Sánchez se resiste a abandonar el punto estratégico desde donde quiere ver surgir la multitud. Se sienta junto a Arturo, pero en otro velador, para alejar de Arturo sospechas de complicidad.

—Aquí esperaré a la policía.

De pronto, un grito:

—¡«La Crónica»!

—¡Ahí está!

—¡«La Crónica», con la estafa al Banco Agrícola!

La multitud se arroja sobre el primer rapaz que llega con un fajo de periódicos.

—¡«La Crónica», con el retrato del criminal!

—¡Mi retrato! ¡Ahí está mi retrato!

Hiende Juan Sánchez la muchedumbre y arranca un periódico de manos del rapaz. Arturo adquiere, precipitadamente, otro. Lo abre nervioso, torpe, lo desgarra.

Allí está el retrato de Alfredo.

—Esto es un robo inicuo! –aúlla Juan Sánchez.

El detenido es Alfredo. Es él, el famoso autor de la estafa. Juan Sánchez está a punto de caer desvanecido.

La multitud le rodea compasiva. Un caballero apunta al oído de otro:

—¡Ahí tiene usted una de las víctimas! Se ve que es un hombre de bien. ¿Por qué se habrá fiado así de las gentes?

—Sí, e] pobre tiene cara de haber sido engañado.

—¡Esto es un error! Esto es un robo!

—El pobrecillo tiene para volverse loco. Los ahorros de toda su vida se los come ahora cualquier truhán.

—¡Ladrón! ¡Ladrón! –sigue gritando, convulso, Juan Sánchez.

Acude a la policía. Dos guardias le atienden, solícitos:

—¡Cálmese, cálmese! No es usted solo. La indignación es justa, justísima... Pero debemos evitar este escándalo.

—¿Quién es? –pregunta un transeúnte.

—«Nadie»… Uno de los estafados.

Juan Sánchez estruja violentamente el periódico. las gentes van pasando. Le miran un momento, compasivas, y se alejan. Los guardias intentan llevarlo a una Casa de Socorro, a una farmacia.

—Yo le asistiré –interviene Arturo–. Muchas gracias. Le llevo a su casa.

—¡Un error! ¡Un robo! ¡Este canalla sólo es un cómplice vulgar! La idea, los planos, todo, todo, todo es mío, es mío. ¡Todo! ¡Él ha sido un obrero! ¡Ladrón! ¡Me ha robado!

—¡Pobre!

—Está loco.

—Habrá perdido mucho.

—Tiene cara de haber sido engañado.

—Quién es?

—«Nadie». Un estafado.

—¡Le mataré!

—Calle, calle –dice Arturo, arrastrando a Juan Sánchez–. Venga conmigo.

—Me han robado mi personalidad.

—Pues preséntese a la Policía, a que se la restituyan.

—No me creerán. Me tienen por muy honrado, por incapaz. Son estúpidos. Tendría que probarlo de tal modo que demostraría, según ellos, todo lo contrario. Me tendrían por loco. ¡Qué estafa!

—¡Déjelo ya! Ellos lo averiguarán en el sumario. Aún puede usted disfrutar de alguna cosa. También hay cómplices geniales. Usted será el cómplice genial.

—La última ocasión... ¿La última?

—¿Qué?

Juan Sánchez se queda pensativo. De súbito, una luz cárdena en los ojos.

—No. ¡No es la última! –añade con voz ronca–. ¡Me queda otra! ¡Otra!

—¿Cuál? Me asusta.

—¡Desaparecer bruscamente del mundo!

—¡Bah!

Arturo le deja hablar, con la esperanza de verlo tranquilizarse. Juan Sánchez le arrastra a un café. Pide papel de cartas. Comienza a escribir.

—Una, para el juez. Otra, para Matilde.

—Bien, bien. Escriba todo lo que quiera.

Por las mesas del café, los clientes se van repitiendo las informaciones de la gran estafa. Se oyen risas de los no perjudicados. Blasfemias de los demás y vivaces comentarios de todos. Anochece. El retrato de Alfredo será contemplado en todas las sobremesas por millares de ojos indignados o curiosos. De pronto, toda la ciudad gira en torno de una fisonomía vulgar, subrayada por un frío cinismo.

—Se ve que es un truhán.

—Pero con talento.

—Claro, para dar esos golpes...

Una muchacha contempla el retrato embelesada. Fragua ya un amor imposible. Una huida, un rapto recíproco.

Una madre lo muestra a sus hijos, durante la cena.

—Ahí lo tenéis. ¡En la cárcel! ¡Por criminal! —y los niños lo señalan con sus deditos untados de salsa.

Va creciendo precipitadamente la popularidad de Alfredo. Los mismos guardias de la Comisaría le contemplan con una mezcla de respeto y asombro. Mientras Juan Sánchez escribe:

> *Perdóname pero mi destino era vencer o morir. Puesto que mi fracaso es definitivo, muero. Mucho te hice sufrir, Matilde, pero ahora vas a descansar. Me di de bruces con todas las aspas del molino, con todos los rebaños y con todas las indiferencias. No lo puedo resistir y me voy. No encerrado en una jaula, sino reexpedido al país de las sombras de donde salí...*

Juan Sánchez termina sus dos cartas. Una, larguísima, para Matilde. Otra, breve, para el juez. Sale del café, seguido de Arturo, y se dirige a un buzón.

—¡No! Traiga esas cartas.

Es imposible evitarlo. Las cartas se deslizaron ya por la garganta del monstruo de piedra.

—No importa, yo iré a rectificar inmediatamente. Con usted.

—Yo me voy a aprovechar mi última ocasión. ¡Adiós, Arturo!

—No le dejo.

Arturo piensa ya en reclamar el auxilio de un guardia, pero se detiene al ver algo más reposado a Juan Sánchez, que toma el camino del arrabal.

—Vamos un rato al pretil.

—Preferiría que fuese usted a su casa —responde Arturo.

—Bien, luego.

En el pretil, Juan Sánchez adopta un tono solemne y dice:

—Adiós, Arturo. Vele por Matilde. Sé que no le es indiferente. Ahí le queda, con algún otro amigo. Distribúyansela equitativamente, puesto que ella aspira a un perfecto equilibrio de valores humanos. Ama a cierto hombre integral, que yo no puedo llegar a ser. Como no lo halló, va buscando las características de su hombre-tipo entre una porción de ciudadanos. Así lo contaba hace tiempo a una de sus amigas, que también lo fue mía. Creo que no habrá cambiado desde entonces. Del hombre que anhelaba poseer, tiene usted una porción muy aceptable. En usted ama el cerebro. No le importe el que luego complete su tipo ideal con órganos tomados de otros cuerpos. Matilde es resignada, y comprende que poseer una síntesis humana es aspirar demasiado. Resígnese también usted, Arturo. Yo no puedo serlo y, por eso, me suicido. ¡Vele usted por Matilde! ¡Velen ustedes por Matilde!

—¡Ea! ¡Basta de bromas! ¡Respete usted a su mujer!

—Mi vida no puede continuar. Mañana iría a una cárcel... Lo corriente. Este momento supremo que me acaba de robar Alfredo, nunca podrá ya reproducirse. Siempre seré el comparsa, el cómplice. ¡No!

—Huya. Sale un tren dentro de quince minutos. Ahí, tiene usted la estación... Invéntese usted un tipo de gran criminal fugitivo. Fórjese usted un antifaz de ente original, ya que no supo destacar su originalidad verdadera. Paséela usted por lugares apartados, donde nadie vaya a arañar la costra de farsa que a usted le encubra. Ahí tiene la estación. Aún es tiempo. ¡Huya!

—¿Para qué? ¿Para triunfar en el incógnito?

—Sea usted un falso personaje, puesto que de nada le sirve el verdadero.

—¿Y mi firma, y mi rúbrica?

—Eso no es nada. Sólo la verán las mujeres. Diga que se trata del nombre del mejor amigo. La firma y la rúbrica no son nada. Nuestra firma y rúbrica la vamos dejando nosotros en el pecho de los demás, en la medida en que influimos en su vida. Nuestra personalidad está repartida entre todos los pechos que nos aman o nos odian. Nada llevamos con nosotros; son los demás quienes fabricaron y guardan nuestra personalidad. En el punto en que los amores o los odios de todos coincidan; en el punto en que el pensamiento de todos acerca de nosotros coincida, en ese punto de cruces está nuestro verdadero ser, nuestra verdadera personalidad. Nosotros sólo hacemos ir desmintiéndola por todas partes, con nuestras vacilaciones, con nuestras fragilidades, con nuestro incauto exceso de ambición.

¡Váyase al extranjero, Juan Sánchez, y repártase allí entre muchos hombres inteligentes que son los únicos que pueden forjar una personalidad! ¡Constrúyase un antifaz discreto! Adiós!

—Quizá. Claro...

—Se le ofrecerán nuevas posibilidades. No renuncie a ser plenamente lo que aún puede ser. ¡Huya!

Arturo extiende trágicamente la mano, contagiado por este momento de solemne folletín. Abajo, el Ebro subraya con su magistral zumbido el canto llano de la escena. Juan Sánchez va y viene a lo largo del pretil.

—No pierda tiempo.

El Ebro invita a prolongar la gran disquisición. A veces hay en el agua irónicos siseos. Juan Sánchez mira hacia el fondo, se inclina... Se le cae al agua el sombrero, y Juan Sánchez intenta lanzarse tras él.

—¡No, no! ¡La huida!

Arturo repite su patético ademán.

Juan Sánchez se arranca de la barandilla y, al fin, decide seguir viviendo. Echa a andar hacia la estación del ferrocarril... A los pocos pasos, se detiene, se vuelve a Arturo, en medio de la avenida. Van a despedirse definitivamente.

Los dos están conmovidos. En el instante hay un hueco para un latiguillo escénico. Juan Sánchez se dispone a llenar el hueco.

—Adiós, amigo mío!

—¡Adiós!

—Vele usted por Ma...

Un camión que surge de improviso, de un recodo, que brota precipitadamente de las sombras –abrumador fatal–

rebana el solemne latiguillo. En un segundo, con un frío, con un desdeñoso ademán, elimina de la tierra la firma y rúbrica y problema de Juan Sánchez. Como una goma de borrar.[42]

---

42   *Goma de borrar*: En *Proyectos de novelas, fragmentos y recreaciones*, Jarnés escribe de este final: Juan Sánchez –Nadie- se ve arrollado por la masa, por la *técnica* –como en el caso del Banco–, por cuanto hoy «tiene en sus manos el dominio del mundo». El dio la idea del robo, pero los otros la realizaron. El no existe: sólo existe el «manipulador», no el pensador. Ni siquiera la idea del suicidio llega a realizarla: la realiza un camión, un producto «técnico» (15).

XX. El Banco Agrícola

El hombre de los galones de plata se fue desinflando lentamente hasta convertirse en un enorme globo que todos los clientes del Banco Agrícola se apresuraron a desinflar; apretándolo, apretándolo hasta reducirlo a las estrictas dimensiones de un conserje.

Siguen girando, sumergidos en los cangilones de la puerta, campesinos azorados. Uno de ellos se dispara contra el hombre del agresivo pisapapeles, preguntándole angustiado:

—¿Suspenden pagos? Hablan de un robo, de una gran estafa... ¿Suspenden pagos?

El hombre del pisapapeles hace una señal al hombre de los galones de plata, ya desinflado, y éste resopla, muge, estruja al campesino, enfila hacia su cara las puntas aceradas del bigote, lo arrastra hacia la ventanilla número cinco, le hunde la cabeza en un golfo de guarismos que lo sofocan, lo dejan sin aliento, lo asesinan. Es en vano que insinúe, que intente rogar, tímidamente... Quiere ver su dinero, acariciarlo un minuto para cerciorarse de que continúa allí, a salvo de estafas; pero la súplica se le enrolla en la garganta, se anuda a su lengua, le hace enmudecer, arrancar de allí la cabeza despavorida, huir, siempre seguido por las puntas aceradas del bigote, penetrar de nuevo en el cangilón, volver a aparecer ante el globo estrujado, desaparecer, al fin, escamoteado por los diedros de cristal, entre las risas de los viejos clientes.

Junio, al terminar sus días, va restando opacidad a los trajes femeninos y añadiendo jugosidad a la piel, que se va desvelando por etapas discretas. Desnuda brazos, entorna –coquetón– voluptuosos escotes. Hoy es el primer día en que podemos ya contar el número de sostenes que hacen posible en la mujer una prudente estabilización de las más aventuradas transparencias; en que podemos, color a color, seguir la ruta fugaz de un desnudo. La piel va perdiendo sus misterios y el equipo va ganando agilidad.

Algunos abanicos imprimen velocidades frenéticas, empujándolos hacia cada ventanilla donde remece montones de misteriosos papeles –cheques, letras, facturas– por donde pasan en filas cerradas los números, en su marcha interminable hacia los monumentales antifonarios[43] financieros, sus estaciones de reposo. El empleado huraño contiene bruscamente un cheque que se lanzó a bailar, azuzado por el viento, lo aplasta con un lingote de hiero, sigue contando monedas, empaquetando billetes. ¡Qué maestría para encerrarlos en su cárcel de goma!

El verano es buen cliente de la Casa. Para recibirle han bruñido los bronces y cambiado el papel verde de todos los secafirmas. Han abierto unas hojas del techo de cristales, y ya desde la rotonda es posible mirar directamente las nu-

---

43 *Antifonario*: libro antifonario: el del coro que contiene todas las antífonas del año. Antífonas: Breve pasaje, que se canta o reza antes y después de los salmos y guarda relación con el oficio propio del día. De su paso por el Seminario, Jarnés conservó un íntimo conocimiento de la Liturgia y de las Sagradas Escrituras que vierte en sus escritos.

bes. Han destruido la armonía clásica de la techumbre por dar paso a la poética aventura.

Ya sólo a trechos se descompone la luz. Aquella luz de ámbar que se filtraba por las gavillas de Ceres ha dejado libre el paso a un chorro discreto de luz impura, es decir, blanca. Quedan esos menudos grifos de luz simplificada que van ganando en sencillez cuanto pierden en claridad, hasta llegar al violeta, luz penosa e inservible para el uso común, de tan pura.

Arturo se reserva un hilo naranja, que se le anuda a la corbata y le cosquillea la nariz; vuelve a leer su número en el papelito rojo y se dispone a llenar los minutos de su espera convocando un tropel de imágenes impacientes, nerviosas, que está oyendo cuchichear al otro lado del muro: walkirias febriles que sin duda sueñan con galopar y desde lejos, vienen de la infancia, de la adolescencia, de la juventud, de las mañanas en que apremian los textos, de las tardes en que el amor corretea bajo los árboles, de las noches en que el amor se despereza, de los días sin límites en que el amor se agota, se desmorona, o queda reducido a una teoría de ademanes de cansancio, monótona, uniforme. Imágenes de hembras ubicuas, jánicas, rostros fatigados que se barajan sobre tapetes de colorines que se ceden mutuamente los rasgos, como se ceden alfileres o frascos de perfume, el color de la boca, la falsedad de sus perlas, de sus risas, algún modo insólito de fascinar...

De entre los cuales brota el de Rebeca, se adelanta ganándoles todo el terreno. Rebeca, es decir, el moribundo amor una noche perdido en el negro túnel de donde al amanecer brotó renovado, fugitivas ya las negras sombras de aquella vida incomprendida tanto como confusa, hasta encontrar la forma de su expresión. Ya luminosa, desde entonces, encerrada en el fanal sin mancha de la vida de Matilde.

Matilde, hoy dolorido fantasma –un poco de negro crespón sobre una carne apretada, de inquietud amorosa como nunca vehemente– que algún día, en su vida interior, irrumpió en la vida de Arturo, arrollándolo todo con su cínica desenvoltura. Que hoy retornó a sus paisajes del Sur, a inaugurar entre rejas prendidas de claveles, el nuevo período de su vida. Aquel patio oloroso a menta donde se reveló al hombre firmado y rubricado, una tarde en que recorrían juntos cierto muestrario de sedas: «Hijos de Jaime González y Compañía» ¡Qué lejos de Arturo, sentado junto a un velador, en la gran plaza de Augusta[44]!

Corre ahora el expreso por tierras planas, sin un frunce, en que algún árbol se suicida, torturado por su inútil soledad, o se refugia en una interminable huida, cuando no tiene la fortuna de tropezar, a orillas de un arroyo, con algún meditabundo camarada.

Rebeca –ya tan borrosa–, la primera Matilde: aún se atreve a asomarse al paisaje esquemático, que va poblando de espectros, destocada la frente, donde su historia podría ser escrita en cuatro sencillos renglones, ya descifrados: infancia juguetona, febril adolescencia, juventud esperanzada, madurez prematura a fuerza de tedios junto al hombre del muestrario. Y un deseo frenético de poseer al gran hombre definitivo. ¿Por qué se instala en el vagón, usurpando el puesto que Arturo guardaba para Matilde?

Alguien más irrumpe en el departamento, pero ella no se mueve de su butaca, hundidos los ojos en un libro, como

---

44   *Augusta*: Zaragoza, la Cesar-Augusta romana, es el marco urbano de varias de sus novelas. En ellas, Jarnés logró elevar a Zaragoza, en la ficción española de la época, al rango de la modernidad urbana, cosmopolita, tan celebrada, principalmente, en el cine norteamericano y europeo de aquellos años.

si ignorase que frente a ella, en el mismo diván del Banco Agrícola, está sentado Arturo, mirándola en silencio a los ojos, húmedos ojos por donde en aquellos días de la transfiguración cruzó tanta borrasca de llanto.

Quizá no se conociesen ya, como si sobre estos rostros, sorprendidos al azar, entre unos volúmenes sin fortuna, hubiese ido cayendo el polvillo de dos centurias. Aunque se viesen, nada tendrían ya que decirse, estos dos viejos seres. Como si entre ellos no hubiese ocurrido nada. Ni un rival, ni un problema, ni un deleite, ni otras mujeres, ni otros hombres...

Un día hallaron en sí mismos un hueco que acertaron a llenar de alegres vibraciones, de sonoros besos, de dulces contactos. La vida de cada uno se deslizó jocundamente en la del otro. ¡En aquella vida tan antigua, en aquella existencia que acabó en «Villa Juanita», ajena por completo a la vida presente, toda convenida en crónica, recogida ya en volumen para guardar en la biblioteca, entre la *Biblia* y el *Paraíso Perdido*! Si es que no rueda por librerías de lance, expuesta a cualquier triste profanación... Es que, entonces, un diablejo burlón dejó caer entre ellos un imán, y ellos gozaban girando en torno a él, hasta que el imán se convirtió en un lingote de hierro, sin polarización alguna.

El empleado huraño coloca el lingote sobre los cheques que amenazan siempre alzar el vuelo. Saca de la maleta un libro y se dispone también a leer, sin preocuparse de los demás viajeros. ¿Entró por la ventanilla? Nadie sabe por dónde. Gasta boina, un traje oscuro. Su boca no habrá sonreído nunca, porque alrededor de esos labios nadie podría ver ni el surco más tenue de una arruga. Y el li-

bro será algún horrendo folletín donde los nudos senti-
mentales sólo pueden romperse a trabucazos...

Deja su libro Rebeca y otra vez vuelve a asomarse a
contemplar la fuga del único árbol del paisaje, mientras
Arturo prefiere salir al pasillo a contemplar el paisaje
opuesto, donde se extiende en filas bien ordenadas un risueño ejército de muchachas al mando del conde de Monte Azul, que señala con un puntero las piernas de la quinta, a partir de la izquierda del actor. Delgadas adolescentes
que se cimbrean a compás, forzosamente acribilladas por
dardos encendidos –invisibles– que parten de las primeras filas de butacas. Y redondas jóvenes, más expertas en
mover rítmicamente los senos, algunos sometidos a presiones extremas. Y esa hembra madura, rolliza, que se adelanta –por méritos de antigüedad– a recibir órdenes del
conde, mientras la quinta subtiple de la izquierda desaparece dejándole el hueco al hombre firmado y rubricado
que sigue al compás del coro, enlazado a dos jóvenes redondas que lo sostienen para que no se derrumbe.

¡Siempre, siempre el hombre de la rúbrica notarial
hundiendo sus ojos tristísimos en el publico que se asoma
a lo largo del pasillo del vagón! Arturo vuelve a sentarse,
atraído por el último arbolillo esquelético del paisaje, única perpendicular levantada al campo, que poco a poco se
va acercando hasta saludarle desde lejos, corno pidiéndo-
le la venia para rejonear un rebaño. ¿Cómo no advirtió
que el arbolillo andante es el mismo Don Quijote, más enjuto que nunca, montado sobre un manojo de huesos, seguido –como siempre– por el rucio?

Pero Sancho ha descabalgado, Sancho brincó sin duda

por la ventanilla y se acomodo en su butaca. Un Sancho polvoriento, lastimoso, que se pasa las manos por el rostro hasta descubrir, súbitamente, el de Matilde. En Sanchica. Lo afirma Patricio desde su butaca del comedorcito de Los Olmos, y Arturo lo confirma ahora, en medio de La Mancha, mientras hace señas a Don Quijote que no atiende sino al rebaño despavorido.

Pero, de pronto, una raquítica alameda se engulle una por una a todas las rollizas y flexibles muchachas del coro y se precipita a lo largo del paisaje a lavarse los pies en una acequia. Aunque no tarda en asomar por detrás de un álamo la faz pícara de un cliente de «Villa Juanita», de la mujer sin nombre, deleite puro, que muestra una tras otra sus piernas desnudas invitando a Arturo a acariciarlas. A Arturo, que las desdeña por contemplar la verdad saliendo del pozo, con las manos sobre su rostro, una verdad desnuda y púdica, que al fin aparta las manos para dejar ver sus ojos húmedos de llanto. He aquí a la segunda Matilde que se avergüenza de sus horas de modelo, que quisiera arrojar aquella trivial pintura al fuego, con todos los Monte Azul, para ofrecerse a Arturo, de ese jayán sin historia alguna cordial, que en este momento forcejea por arrancar los barrotes que lo separan de la vida libre.

Matilde, ya borrada para siempre la incomprendida Rebeca, que alguien encontró en una librería de lance como una joya de bibliófilo, producto artificial, refinadamente elaborado, pero escasamente vivo. ¡Con qué tristeza vuelve al tablero de los volúmenes más caros, encuadernado en fina piel, escrito en un idioma indescifrable!... Texto de lujo, que después de acariciar finamente al tacto, a los ojos, con su sedosa piel, con su ornamentación voluptuosa, vuelve a su vida de objeto curioso, en espera de otras manos, de otras caricias. Suplantado siempre, algún día, por la mujer verdadera, por la misma verdad que eternamente sale del pozo, como la segunda Matilde sale del cuartito aquel de «Villa Juanita», desnuda de la piel de Rebeca, bañada en el llanto que purifica y renueva... Mientras el revisor le da a Arturo con el codo.

—¿Me hace el favor del billete?

Van a llamarle a Caja. Le piden el número, pero Arturo rechaza otra vez al revisor. Ha perdido el billete. Lo busca por los bolsillos. Sale a buscarlo al pasillo...

Como el empleado insiste, Arturo le ofrece un cigarrillo, diciendo familiarmente:

—He perdido el kilométrico.

—Claro, claro –contesta el revisor–. Este Banco, siempre a paso de buey.

Arturo se arrepiente de haber abandonado a la viajera, sola en el departamento, y se apresura a volver a su butaca, frente al hombre del folletín, que en el momento de asomar Arturo se arroja sobre Rebeca, la oprime entre sus brazos de jayán, la besa golosamente. Es robusto, es agreste... Arturo se encoge de hombros, como diciendo:

—¿Qué me importa ya de esta mujer tan antigua? Es un recuerdo histórico...

El recién llegado es, naturalmente, Alfredo, que ha huido de la cárcel. ¿Habrán tramado juntos la fuga? Ahora miran a Arturo estúpidamente, sin conocerlo. El revisor vuelve a pedirle el billete. Rebeca, Alfredo y el hombre de los galones de plata le dicen a coro:

—Venga a la ventanilla. Le ha llegado el turno.

Arturo mira por la ventanilla, ya completamente solo, siempre dentro de su cabina gris que se detiene frente a una estación donde tres mujerucas abrazan a Matilde, y un mozuelo lo acribilla con sus ojos brutales. La zarandean, la quebrantan, le sorben el color a besos. Su crespón negro se lo lleva el aire y lo deja colgado en una rama de chopo. Su combinación, sus zapatos, sus medias, su pulsera, todo se lo reparten entre las mujerucas y el mozuelo. La dejan desnuda, trémula, en medio del andén.

—¡Desnuda vuelves a los brazos de tu madre! Pobre hija mía! –dice la más anciana–. ¡Desnuda, pero con toda la honra del mundo!

Y vuelven a abrazar todos a Matilde, y siguen repartiéndose el equipaje.

—¡Desnuda salí también de aquí, madre! No debemos quejamos. Yo me ganaré la vida. Yo ganaré para las dos.

Y entre plañidos la van empujando hacia el rebaño de casas agrupadas alrededor de una torre. Arturo quiere apuntar la escena en un papel y saca uno del bolsillo, un papel ya escrito, la carta de la nueva Matilde:

> —«… *me muero de fastidio; llévame contigo, porque me muero. Estoy desesperada entre estos majagranzas* [45] *que me acosan, me manchan con sus ojos, con sus piropos soeces. Cuando llegué me recibieron como a un despojo. ¡Como apenas me quedó dinero!… Sobre lo poco que traje se arrojaron como buitres, los míos…»*

Se van alejando. La desnudez de Matilde es ya apenas

---

45 *Majagranzas*: hombres pesados y necios.

una manchita blanca entre los burdos trajes negros de las mujerucas. El mozuelo sigue engulléndosela con los ojos. El tren comienza a trepidar, y un túnel se lo traga todo: la amante desnuda, las mujerucas, el mozuelo, las casas en racimo. Arturo se hunde en un lago de tinta, bracea desesperadamente, mientras el empleado huraño golpea su mesa con el pisapapeles.

—¡El número 352! ¿Quién tiene el número 352?

Arturo continúa leyendo:

«...Tendré que pedir hospitalidad a Los Olmos. ¡Si tú quisieras algún día venir allí! Podríamos reunirnos bien lejos de unos y otros recuerdos. Porque sólo allí me quieren, y también a ti te querrían. Háblame de este viaje. No me quites la esperanza de que algún día, no muy lejano, podremos juntar nuestras vidas...»

Qué risueña danza de vocablos! La palabra «recuerdo» baila con la palabra «fe». La palabra «amor» con «esperanza"... De pronto el *jazz-band* enmudece. Se lo traga un calderón, y en medio de la pista sólo queda Matilde con una tira de papel azul en la mano, donde está escrita la palabra «Iré». Un gran silencio en medio del cual Arturo se hace así mismo una consoladora afirmación:

—Ya habrá recibido el telegrama.

Y arrullado por estas palabras vuelve a sumergirse en la niebla, corno si ya nada le quedase por hacer en la vigilia; como si la gran decisión de ir a Los Olmos hubiese consumido todas sus reservas de voluntad. Y vuelven a resonarle dentro del alma las palabras de Matilde: «... Podremos juntar nuestras vidas... Nacer de nuevo: esta es ahora mi esperanza».

Y la palabra nacer arrastra súbitamente la palabra «cuna». Una cuna hecha astillas que asoma entre los despojos de los Monte Azul, mientras la araña rota de cristal tintinea burlonamente al ver a Juan Sánchez en el desván. Y por la ventanilla desfila una larga procesión de hombres pálidos que, al pasar frente a Matilde y Arturo, fuertemente abrazados, se van abriendo el pecho, mostrando grabada en él la complicada rúbrica notarial. Se ve que padecieron mucho en el tatuaje...

¿Cuántos, cuántos hay? –dice Patricio, que acaba de entrar en el vagón.

A lo que Matilde ni Arturo pueden contestar, porque aquel beso provisional, iniciado en la mañana trágica del suicidio –¡suicidio! ¡Ni eso fue, ni eso siquiera!–, es ahora un beso de gozoso y violento resumen de todos aquellos días sin perfil en que el amor hacía desesperados esfuerzos por asomar a la superficie de sus vidas.

Y acaba por ser sólo Patricio el que contempla a los esclavos de su firma y rúbrica que no acaban de desfilar por la ventanilla del Banco pidiendo testigos, más testigos. Sólo Patricio, porque Arturo y Matilde –sin respeto alguno a la anciana que los contempla atónita, al principio, encandilada ya después– continúan sumergidos en los profundos abismos de su beso, como si ya no pudiera arrancarlos de él, excepto el empleado de los galones de plata.

—¿Quién tiene el número 352? –repite bruscamente el hombre desinflado, dirigiéndose hacia los cuatro puntos cardinales.

Arturo mira asombrado su billete de ferrocarril. ¡El 352! Va saliendo del túnel. Se acerca a la ventanilla bajo

las miradas furibundas del revisor. En el camino aún le detiene el espectáculo de un viajero que intenta en vano ex-
plicar su personalidad a un factor.

—Ésta no es no la misma firma.

—Es la misma de hace cinco años.

—Dos testigos. Traiga dos testigos.

—¡Soy el mismo!

—¡Otra firma que responda!

Por fin, Arturo se arranca del sempiterno conflicto y
se dirige al huraño cajero del pisapapeles que lo recibe en-
colerizado.

—Pero ¿no oía usted que le llamaban? ¿En qué estaba usted pensando?

—En nada.

XXI. Remate y preludio

He aquí un epílogo a tres voces. Y un gran silencio, preludio inequívoco de una nueva historia. Se alza la voz de Patricio desde una carta fechada en Los Olmos, que acaba de recibir Arturo.

Aquí está Matilde, desde hace diez días, imprimiendo a este hogar no poco envejecido un ritmo impetuoso, mucho más risueño, que a mí mismo —escéptico en renovaciones vitales— me sorprende sobremanera. No conocíamos bien a Matilde: sólo conocíamos a Juan Sánchez, lo que equivalía a tener siempre delante el biombo tras el cual vivía oscuramente Matilde. Al venirse abajo aquel pintoresco muro, ella se nos ha revelado en toda su deliciosa realidad. Y confieso —¿por qué ocultárselo a usted?— que todos hemos cambiado bastante en esta casa...

> »Aquellas oposiciones a cátedra —¿recuerda?— que yo tenía arrinconadas en el desván de mi pereza, se me han puesto de pie, invitándome a acometerlas... Claro es que la invitación es de Matilde. Ella me ha desempolvado los odiosos mamotretos, ha comenzado a poner en orden mis apuntes.
> »Y acabaré por salir al ruedo, por ir a desafiar a los gi-

gantes del tribunal. Puede usted creer que Matilde está ejerciendo sobre ni vida —cuya monotonía estoy comenzando a ver ahora— una influencia que no puedo calificar exactamente. Toda esta casa, en general, parece que vivía dentro del pasado hasta que Matilde la vino a poner "al día". Como si Matilde hubiese quebrantado "el ritmo histórico" de este hogar. Y, como la casa, todos éramos prematuramente viejos, como antepasados de nosotros mismos ....No sé, creo que deliro...

»Influencia extraña que yo me resisto a atribuir a sensaciones aún borrosas, a sentimientos indecisos, cuya filtración en mi libre campo afectivo tal vez acabe por lamentar... Si usted viniese pronto a Los Olmos, conocería más detalladamente este fenómeno de la invasión de Matilde...»

Arturo sonríe levemente, contemplando aquella carta que no sigue leyendo. Y, entonces, se alza la voz de Matilde, desde otra carta, recibida aquella tarde:

«... Creo que me estoy haciendo digna de la hospitalidad de mis parientes, tan generosos, de tanta discreción. Me dejan aquí obrar a mi antojo, y no dejo nada quieto. Quisiera cambiado todo, menos los retratos de estos antepasados que me contemplan con tanta vehemencia como sus descendientes. Como si les complaciese oír jugar a sus pies a una niña... Porque tú sabes que soy todavía muy joven, Arturo...

»He de volver la casa del revés. La misma anciana se ha rendido a mis fórmulas de cocina y a mis proyectos decorativos. Y Patricio está encantado al verme escribir a máquina y poner en limpio sus emborronados papeles. He desempapelado muchas paredes, y quiero volver a empapelar —y pintarlas— con mis colores, "con nuestros colores", preferidos. El día en que

tú vengas, todo habrá cambiado...
»Porque has de saber que todos te aguardan para den-
tro de un mes, cuando las macetas se cuajen de clave-
les... Sobre todo, yo, amor mío, que vivo más de pri-
sa por ver transcurrir de prisa el tiempo que nos
separa. Pensando en tu viaje, vivo con más vehemen-
cia...
»Patricio es muy bueno, estudia más que nunca... Me
ha prometido obtener cátedra, por darme gusto... Su
madre no acaba de comprender este cambio. Creo que
lo atribuye a... Pero no debemos pensar en ello. Las
mujeres de esa simplicidad todo lo adjudican a senti-
mientos simples. La verdad es que Patricio me mima
ya fraternalmente, lo cual me parece ser el peor cami-
no —el mejor, para mí— para llegar a quererme. Creo
que conozco a los hombres... Perdóname esta sabidu-
ría... »

Vuelve a sonreír Arturo, mientras acaricia el pliegue-
cillo tan bien perfumado. Y se detiene a escuchar su propia voz, una voz serena, matizada irónicamente, que le
sube desde las entrañas: «¡No, no iré! ¡No debo ir!»

Se asusta de su propia hazaña de ventrílocuo. Se escucha a si mismo, otra vez:

«¡No debo ir! Mi novela ha concluido. Que comience Patricio la suya. No me verán en Los Olmos...
Matilde irá poco a poco dándose cuenta de su de-
licada situación... Tener un amor cerca hace ver
claro en los amores a distancia. Su vida fue una cadena de dóciles resignaciones: esta última no puede ser muy dura. Y yo contribuiré a hacérsela más
llevadera. Y el mismo Patricio. Y la faena que ha
emprendido. Todo ha de contribuir a aliviar nuestra común pesadumbre... Porque yo la sigo que-

riendo... Pero ahora –¡tantas noches!– me asedian los ojos lastimeros de Juan Sánchez, que van hoy a lograr lo que entonces no lograron: una veneración a tan pavorosa tragedia. Patricio, sí, puede renovar la vida sentimental de esa mujer... Después de todo, Juan Sánchez ha desaparecido del mundo; Alfredo será un anciano cuando salga del presidio; yo debo inhibirme como un honorable paladín a quien se le dejase libre el campo... Puedo ser un guía fraternal de Matilde, eso que ella pretende ver en Patricio... ¡Porque yo la sigo queriendo! ¿Apasionadamente? Apasionadamente..

Suspende unos minutos la respuesta. Toda su aventura con Matilde destila atropelladamente por su memoria, sin ritmo alguno, en pelotón confuso... Vuelve a oírse la voz:

«¡He pensado con demasiada insistencia en esta pasión! Por haberla analizado, tanto, ¿no se me habrá quedado en los puros huesos, ya sin forma redonda y caliente, entre mis brazos? Es mi castigo, mi sañudo castigo, que acepto como se acepta lo fatal.»

Para huir de aquellos ojos turbios, melancólicos, lastimeros, que siguen persiguiéndole, Arturo apaga la luz, abre el balcón, se queda contemplando de hito en hito las estrellas, intentando vanamente encontrar el rumbo de la suya. Escucha, entonces, un gran silencio. Es el preludio de un canto nuevo. Allá, en Los Olmos, comienza la novela. [46]

FIN

---

[46]   Final de metaficción, de novela fuera de la novela, abierta, en espiral: la
       línea curva que configura la estructura narrativa de la novelística de Jar-
       nés.

Thank you for acquiring

Locura y muerte de Nadie

from the
Stockcero collection of Spanish and Latin American significant books of the past and present.

This book is one of a large and ever-expanding list of titles Stockcero regards as classics of Spanish and Latin American literature, history, economics, and cultural studies. A series of important books are being brought back into print with modern readers and students in mind, and thus including updated footnotes, prefaces, and bibliographies.

We invite you to look for more complete information on our website, **www.stockcero.com**, where you can view a list of titles currently available, as well as those in preparation. On this website, you may register to receive desk copies, view additional information about the books, and suggest titles you would like to see brought back into print. We are most eager to receive these suggestions, and if possible, to discuss them with you. Any comments you wish to make about Stockcero books would be most helpful.

The Stockcero website will also provide access to an increasing number of links to critical articles, libraries, databanks, bibliographies and other materials relating to the texts we are publishing.

By registering on our website, you will allow us to inform you of services and connections that will enhance your reading and teaching of an expanding list of important books.

You may additionally help us improve the way we serve your needs by registering your purchase at:
http://www.stockcero.com/bookregister.htm